懸而未決的激情

莒哈絲論莒哈絲

LA PASSION SUSPENDUE

MARGUERITE DURAS

瑪格麗特·莒哈絲

樂奧伯狄娜——採訪

繆詠華——譯

她的名字叫情人

胡晴舫

一則流傳已久的巴黎軼事是這樣的：女作家當時已經七十出頭了，老態龍鍾，滿臉皺紋，原本就嬌小的身子因為上了年紀更縮得厲害，穿著她典型的裝束，寬框眼鏡、厚底鞋、喇叭短裙、黑色背心，彷彿一個小女孩始終沒長大，直接就在她的衣裳裡變老了，也如一粒乾癟的花生米裹在花生殼裡。派對上，一名俊美年輕的男孩子碰見她，請教她：「您就是那位寫出《情人》的莒哈絲嗎？」她昂起她驕傲的下巴，像隻自負的蜥蜴，緩緩點了點頭。男孩子於是請求她先別離開，稍微待在他身邊一會兒，徵得她同意之後，他背靠著她，閉上雙眼，拉開褲襠，當場自慰起來。

身為莒哈絲的書迷，我一向著迷這則傳說。傳說證明了文學的魔力，作品超越了作者的生理現實，作者老了、死了、滅了，都無損作品的光輝，作品自有生命，獨立存在，將在未來不斷刺激新讀者的想像力；傳說也傳達了莒哈絲文字的異國情調，此處異國並非遙指他鄉，而是超越日常所在的他處，如她所言，「一名作者便是一處異鄉」。在《情人》出版之後，莒哈絲不僅達到己身創作生命的顛峰，走進法國文壇的萬神殿，漠視她多年的龔古爾獎也不得不承認她的成就，但令我饒有興味的卻是「莒哈絲現象」，作品颳起文化旋風，作者成為一名超越純文學的文化偶像，「莒哈絲」這個名字就是一枚文學意象，這點，應叫莒哈絲本人最為滿意。而作為讀者的我認為，這帖文學軼事更點出了她終生創作的中心：慾望。

對莒哈絲來說，慾望從來就不止身體做愛而已，慾望的確包有淫念、有快感，但更重要的是對生命的渴求。她以為人之所以痛苦，便是因為人對自己有慾望，對世界有慾望，對其他人有慾望，對生命有慾望，卻往往達不到那個期待中的高度，因為那段難以企及的距離而失落，而憂傷，所以從內心深處感到一種說不出口的巨大撕裂感。

法國文壇不乏爭議角色，莒哈絲依然屬於異數中的異數，她的出格言論與她的情人們時常震驚八方，挑動不少眉毛。首先，她並不出生於法國本土，而是出生於遙遠的中南半島的越南，這塊她稱之為家的土地，她一九三二年離開之後便再也沒有回去的地方，將成為她一生創作的靈感泉源。無論她寫書、寫劇本還是拍電影，那些叢林的低語、大雨的靜謐、月夜的神祕，那些她童年時光遭遇的角色將不斷回來，像不肯安息的幽靈騷擾她，促使她一直一直寫下去。

她幼時認識的法國是一個瀕臨瓦解的殖民帝國，奄奄一息，必須戴上氧氣罩才能苟延殘喘，莒哈絲的家庭與其他海外法國家庭沒有趕上帝國的光輝歲月，反倒活在帝國即將傾倒的陰影下，恐懼隨時會遭壓扁。父母皆是教師，父親早死，母親因為沒有買通當地殖民官員，錯誤投資了一塊濱海田地，海水老是倒灌，根本無法耕種，整家子頓時陷入更加萬劫不復的窮苦境地，莒哈絲將這段回憶寫成小說《抵擋太平洋的堤壩》，母親從此與她決裂，至死都不肯與她和解。

據莒哈絲回憶，在她青少女時期，母親和大哥時常毒打她，貧窮使她早熟，缺乏安全感，沒有自信。他們是貧苦的白人，生活在殖民地，遭母國有意無意遺忘，他們又看不起當地人，不肯融入越南社會，既是世界遺棄了他們，同時也是他們孤立了自己。

到了十八歲，莒哈絲決定自救，回到法國求學，展開新生活。她結了婚，生了個兒子，加入共產黨，寫了她第一本小說《厚顏者》，但找不到出版社願意出版。二戰爆發，她在維琪政權的紙張控制部門工作，控制紙張其實就是審查出版，因為有紙張才能印刷，就在這個時期，極其諷刺地，她那本始終無人問津的小說終於問梓了。同時，她與先生都替地下反抗軍工作，她的先生因而被抓入集中營，回來後便變了個人。後來，她將這段道德混亂、忠貞迷惑的戰時日子寫成了戰時回憶錄。

莒哈絲真正的文學生命要等她出版《抵擋太平洋的堤壩》之後才發光發亮，像是從法國邊緣傳回來的瘖啞微音，低語傾訴主流法國時常不願提起的陰暗記憶，真實而赤裸的告白，宛如黑夜微風送來的清醒歌聲，讓每個夜半躺在床上的人兒輾轉反側，各式無名情緒湧上心頭，難以成眠。她替亞倫·雷奈寫了《廣島之戀》，那部半自傳電影劇本使得她從此在世界各地擁有一大群忠實粉絲。在巴黎，她十分活躍，結交不少朋友，導演雷奈、心理學家拉岡、哲學家喬治·巴代伊、小說家霍格里耶、當了總統的密特朗等等，有些人將是她終生的朋友，有些人將變成她一輩子的敵人，無論公開或私下場合，只要逮到機會，便互相惡毒攻訐。

她開始大量密集創作，寫劇本、拍電影、搞劇場、寫書，一生留下許多作品。她親自執導的電影如今看來矯揉造作，充滿無意義的影像囈語，當年卻屬於前衛創新的大膽實驗。寫作是她創作生命的精華。當她寫作時，她完全掌控她的局面。每一字，每一句，每一個標點符號，她的意圖都清清楚楚，思考縝密，安排嚴格，像老練的棋手，每走一步棋皆有布局。她喜好簡白的文字，絕不囉嗦，不留贅詞，因此，七〇年代時，有一度，她被歸類為法國新小說流派，但，她很快就甩掉這個標籤，獨樹一格。在迷戀解構的虛無年代，自認身上流著中南半島血液的莒哈絲卻反其道而行，尋求最基本的原始敘述。當所有寫作越來越趨向繁複演證，最好長成一株枝繁葉茂的大樹，然後把每片葉子的脈絡都細繪成一座迷宮，莒哈絲只挑樹幹來寫。她寫她認為的重點，其餘廢棄，成果卻是感性十足的文字。她預留大量的想像空間，讓句子傳達線索，因為修剪了多餘的枝葉，徐徐清風便輕易穿過林子，撫觸讀者身上每一吋肌膚，挑逗他們的觸覺、嗅覺。閱讀莒哈絲的文字，不止視覺，而是整個兒感官知覺系統都會打開。

莒哈絲宣稱她不信上帝，因此終生酗酒。一九八二年她遭送往醫院急救之前，身體早已殘弱而不勝酒力，喝兩杯就得去浴室嘔吐，每晚卻仍灌下至少九公升紅酒。正當每個人（包括她自己）都估計她活不了這一關，莒哈絲卻又從她半躺進去的墳墓起身，復活人間，一九八四年寫下自傳體小說《情人》，首刷五千本，卻迅速賣出一百多萬本，翻譯成四十三種語言。一九九二年由讓．傑．阿諾（Jean-Jacques Annaud）改編成電影，由香港演員梁家輝飾演她十六歲時的越南情人，一名華僑富家子弟，有點害羞、封閉，頹廢而懦弱，不可自拔地迷戀上白種少女的青春肉體。她自己將以一個活在越南的十六歲法國少女的形象，活進每名讀者的心中，那名少女身上穿著褐色的舊絲洋裝，大太陽下幾乎半透明，半隱半顯她剛剛發育完熟的窈窕身材，腰間繫上一條她兄弟的舊皮帶，戴頂男人的寬邊草帽，站在渡輪上，孤獨眺望茫茫遠方。她既來自歐洲，也來自亞洲；她不屬於法國，也不屬於越南；在那一刻，她似乎也不屬於自己。

這名迷茫脆弱的少女將自己活成一本精采的小說，中國情人之後，莒哈絲還將有無數的情人，晚年之際，與比自己年輕三十多歲的同性戀男子洋．安德烈亞同居，他們會相親相愛，彼此互寫，又因為性向不同、年齡差距，不能像一般戀人那般以各種世俗定義去占有對方，只能處在她時常描述的那種「達不了的愛」。無論是《勞兒之劫》、《直布羅陀的水手》、《塔吉尼亞的小馬》或《如歌的中板》，裡面的女人永遠過著一份空虛貧乏的生活，內心擁有莫以名狀的激情，卻在現實生活裡找不到任何形式得以實現，只能慢慢地、慢慢地悶燒，燒掉內在的一切，連棵瘦樹、小草都不留，只剩下風吹沙的廣漠空無。

莒哈絲本人並不完全是她筆下那種迷失於自我慾望的文弱女子。凡是見過她的人都描述她專橫霸道，自我中心，無法停止高聲談論自己，也喜歡說笑話，人群中她笑聲永遠最響亮。她在巴黎的公寓位於聖潔曼區聖伯諾瓦街，就在花神咖啡館上頭，時常有人進出，在八〇年代她的全盛時期，美國作家愛德蒙．懷特（Edmund White）形容，大小場合處處都能見到莒哈絲的身影。

莒哈絲相信語言，她擅寫劇本，在小說中寫大量對白。她本人的言辭魅力不下於她的文字。這使得她的訪談錄非常好看。她也不吝於接受採訪，留下許多書面以及影像的訪談。她字字珠璣，喜好嘲諷，不怕說出心裡實話，挑字揀詞就像她寫小說的方式，講究精準，命中要害。閱讀她的訪談錄時常令人拍案叫絕，因為她的措辭如此生動有趣，思考清晰有力，即使經過謄寫之後，依舊犀利活潑，身為讀者的我彷彿搭上時光列車，回到二十世紀末的巴黎河左岸，身歷其境，也與她同坐一間巴黎咖啡館裡，窩在角落的桌子，翹起二郎腿，讓侍者無限送上紅酒與熱咖啡，四周煙霧瀰漫，眾聲喧譁，而莒哈絲低沉嘶啞的嗓音仍然壓倒全場，漂浮在咖啡館喧囂之上，語不驚人死不休，大肆放送法國文壇八卦。

時至今日，在巴黎蒙帕納斯墓園散步，路經莒哈絲的墓前，似乎仍能聽見她略顯粗魯的笑語，嘲笑每個看不起她作品的評論家，尖銳批判任何她嫌礙眼的事物。而她的墓石簡單平滑，方方正正，宛如一張空白的紙張。偶而大雨滂沱，雨滴很快由石面滑落，遁入土壤，留下潔淨無瑕的墓板，仰向晴空，不發一語，僅裸露石質的純淨。

楔子

一九八七年，《藍眼睛黑頭髮》（*Les Yeux bleus, cheveux noirs*）義大利文譯本剛發行不久，我第一次見到瑪格麗特．莒哈絲。

幫《新聞報》（*La Stampa*）約定該次訪問並不容易。

從一開始，為了說服莒哈絲接受訪問，就得再三打電話給她，交涉甚久。她似乎為疲累所苦，意興闌珊，託辭感冒，又埋怨工作不堪負荷（後來我才知道當時她正因編寫電影《情人》〔*L'Amant*〕劇本而忙得不可開交），老是躲我。然後有一天下午，我跟她提起英格．菲爾特里內利[1]是我好朋友。她不吭聲了半晌，才終於回我一句「叫她馬上打電話給我」。我打給英格，求她立刻跟莒哈絲連絡。半小時後，我就跟莒哈絲約好了，實令人費解。

我到了聖伯諾瓦街，稍微早了點。三樓樓梯間狹窄，照明又差。我按了門鈴，等了好幾分鐘，門後才終於傳來了個男人的聲音（我立刻就想到是洋．安德烈亞，莒哈絲跟他共同生活了九年的那個男人），他指使我去樓下咖啡廳喝杯咖啡，半小時後再上來。

我聽到莒哈絲的聲音從公寓裡面傳來，稱說她忘了約好要接受訪談這回事。

就在此時，我發現她背對著我，瘦小，非常瘦小，她連動都沒動，還是坐著，在她滿是灰塵的房裡，身邊塞滿了紙張和雜物，手肘撐在書桌上。

我跟她說些甚麼，她毫不在意，只是靜靜盯著我。隨後她便開口說話，盡可能小心翼翼——聲調高低起伏、抑揚頓挫——她深知如何善加利用自己無與倫比的音色。有時會停下來，面露不快，確認我寫在筆記本上的細節。只要電話聲一響起，她就會拉住我的手，握著不放，讓我別想記下她講電話時的任何一句話。

我待在她家的這段時間裡（三個鐘頭，搞不好更久），她不斷從抽屜裡面拿出大顆薄荷糖來吃，訪談結束時，才終於給了我一顆。

訪問終了，她甚至還同意拍照。她身著慣穿的「M.D.制服」——喇叭短裙，高領毛衣，黑背心，厚底鞋——緩緩轉過身來，擺著姿勢。她不信任鏡頭，隨時都會檢查自己的藍眼睛是否入鏡，還有手指上戴著的那幾只沉甸甸的名貴戒指。

我告辭的時候請教她可否再度登門拜訪。「隨妳怎麼樣，只不過我沒甚麼時間。」

我彎下身子跟她說再見，她親了親我的臉頰。

夏天過後，我一回到巴黎就打電話給她。我告訴她，我從義大利帶了一大塊帕瑪森起士給她。當時正值中午時分，莒哈絲剛起床。「正好，我家甚麼都沒得吃。」她回道。她建議我幾分鐘內就到她家。不過這次也不是她親自來開門。至於靦腆害羞又無微不至的洋，則僅限於接過去我手中提的那一大包，隨即再度賞我吃了閉門羹。

我瞭解到不該死纏爛打，於是就這麼又過了幾天。

之後，就是漫長午後的閒聊和談話，時間一久（或許不可避免的），兩個女人間便建立起相知相惜的默契。

她用詞簡練，使得我們的談話隨即便遭到重組、排列，有時還會因而前言搭不上後語。

隨後才又繼續，談了一個又一個鐘頭，無窮無盡。

直到莒哈絲以她那副她說了就算的口氣對我說：「現在夠了！」

而，彷彿早就在等候信號的洋，則會從另一個房間走過來，一如往常，邊提議要陪她出去，邊悉心幫她穿上草莓紅大衣。

莒哈絲邊說邊走出門，接著便一直捋著臉上的皮膚，蒼白又阡陌縱橫，而那副從年輕時她就戴著的男式眼鏡，也摘了又戴，戴了又摘。

我聆聽她回憶、反思、渾然忘我，一點一點拋去她那與生俱來的戒心：以自我為中心、虛榮、固執、口若懸河。然而，某些時刻，她還是會溫柔而奔放、羞怯、強忍笑意或放聲大笑。基於某種無法抗拒的、貪婪的、近乎孩子氣的好奇心，她好似突然活了過來。

我還記得我們最後一次見面。電視放在客廳較遠處，無時無刻不開著，莒哈絲的臉看似疲憊，好像在幾天內就腫脹了不少。

她想知道我的一切。她再也按捺不住，非問不可：要我跟她談談我的生活，我的情人們，要不就是像她對自己做的那樣，要我對她說說我的母親，全盤托出。「我們一生中所遇到的人裡面，我相信母親絕對是最怪異、最難以預料、最難以捉摸的那位」，她對我說，帶著一抹已然遠去的微笑。

樂奧伯狄娜・帕羅塔・德拉・托雷

法文版譯序

十五多年前，我讀到安哲羅．莫瑞諾有關瑪格麗特．莒哈絲的隨筆（《中國男人和瑪格麗特》〔*Il cinese e Marguerite*〕，塞勒瑞歐，一九九七），才知道有這次從未在法國發表過的訪談。其實，莫瑞諾在書中大量引述該次訪談的內容，我立刻就覺得這次訪談中有許多元素，是法國出版過的好幾本莒哈絲訪談錄中所較未能全盤處理過的地方。由於樂奧伯狄娜．帕羅塔．德拉．托雷是義大利人，她選定的訪談範圍本身，她的堅持，她所提出的題目順序，以及她結構縝密的思維，在在都防止訪談流於對莒哈絲大獻殷勤和迴避問題，而這些正是到目前為止，我們在大部分已發行的莒哈絲訪談錄中所能注意到的缺失。在這些訪談錄中，訪談者經常都被專制的受訪者牽著鼻子走，也就是說「那個莒哈絲」，從而使用一種莒哈絲所有仰慕者、仿效者和解碼者熟知、歪曲或慣於操作的編碼語言，還有就是，這些訪談尤其會大大離題，思緒中斷，乃至於有時候對話已經到了令人無法忍受的邊緣，總之，對話會抓不到重點，變得含糊不清。

至於莫瑞諾的《中國男人和瑪格麗特》，這是一本探究《情人》成因的書，從《抵擋太平洋的堤壩》（*Un barrage contre le Pacifique*）到《洋．安德烈亞》（*Yann*

Andréa），針對莒哈絲所有作品中四處可見的自傳性元素，以及大大拓展了莒哈絲讀者群的《情人》這本小說帶來所謂的新元素，這本書都做了細膩比較。關於取代《抵擋太平洋的堤壩》中「Jo先生」的「中國」情人黃水梨的身分，莫瑞諾也對莒哈絲在這麼久以後才藉由《情人》一書所「揭開」的情人身分，產生質疑。莫瑞諾透過比較莒哈絲在《抵擋太平洋的堤壩》、《情人》和《來自中國北方的情人》（*L'Amant de la Chine du nord*）中對相同事件的三種版本後，他特別指出兄弟數目有出入，而且他尤其嘗試去解釋莒哈絲對「真相」隱瞞那麼久的原因，莫瑞諾發展出《情人》其實是在敘述莒哈絲母親瑪麗・勒格杭生命中一段插曲的這種想法，她有可能跟某個越南人或中國人背著亨利・道納迪厄（即書中的艾彌爾）搞外遇。莒哈絲和她二哥保羅，就是這個情人的孩子（《來自中國北方的情人》中有許多對情人、對小女孩和她哥膚色的類似隱喻）。至於大哥皮耶，他則成了艾彌爾・道納迪厄唯一親生的兒子。米榭・杜赫尼耶在《慶祝》（*Célébrations*）[2]中也再度提及《情人》一書描繪的其實是母親而非女兒的這種說法。這種說法幾乎可以服眾……就外表上，根據莒哈絲公諸於世的照片看來，她跟艾

彌爾・道納迪厄之間，毫無相似之處。然而，事實上，瑪格麗特的眼神，她眼睛的形狀確實來自於艾彌爾・道納迪厄，他就是有著這麼一對眼睛。一九九八年六月，此時莒哈絲已經過世了，丹妮埃勒・洛罕在《閱讀》（*Lire*）雜誌中發表了一篇記事，敘述她跟莒哈絲在沙瀝的老同學李女士的會面。李女士證明瑪格麗特和黃水梨的確曾經私奔，並證實一九五二年的時候，莒哈絲返法二十年後，黃水梨大嫂轉交給她好幾把巴黎來的梳子，意味著這位作家依然跟她的中國情人（最起碼跟他的家人）有往來。如今，中國情人的父親黃順在沙瀝的房子成了「情人博物館」，儘管莒哈絲壓根兒連一步也沒踏進去過。觀光客可到此一遊，還可在此住宿。

雖然莒哈絲並不吝於接受訪談，她好幾次的重要訪談，要不就是出了書，包括札維耶荷・高堤耶訪問她後所發行的《多話的女人》（*Parleuses*，午夜，一九七四）、《卡車》（*Camion*，午夜，一九七七），以及米雪兒・波爾特的《瑪格麗特・莒哈絲的地方》（*Lieux de Marguerite Duras*，午夜，一九七八），塞吉・達內的《綠眼睛》（*Les Yeux verts*），以及《電影筆記》團隊（一九八七），傑若姆・伯如的《物質生活》（*La*

Vie matérielle, P.O.L.，一九八七），皮耶・杜馬耶的《電視箴言》（*Dits à la télévitions*, EPEL，一九九九），多明尼克・諾古耶的《詞語的顏色》（*La Couleur des mots*，伯諾瓦・雅各出版，二〇〇一年），弗朗索瓦・密特朗的《杜班街郵局》（*Bureau de poste de la rue Dupin*，伽利瑪，二〇〇六），尚—皮耶・塞同的《訪談》（*Entretiens*，布罕，二〇一二），以及她在創作過程中，陸陸續續接受許多平面媒體[3]或電台、電視台訪談（阿蘭・凡恩斯坦、伯爾納・畢佛、伯爾納・哈普、米雪兒・波爾特以及伯諾瓦・雅果），法文訪談中都是以緊盯著某本特定的書為主，要不就是跟莒哈絲談她的生活、作家生涯，與本書作者樂奧伯狄娜以交談進行的方式並不相同。其實很明顯的，樂奧伯狄娜是以馬狄厄・卡雷及瑪格麗特・尤瑟納的訪談錄《睜開雙眼》（*Les Yeux ouverts*，百人隊長，一九八〇）為範本，樂奧伯狄娜在發問中也曾數度提及這本訪談實錄。

出版這部作品的「塔塔茹卡」（La Tartaruga）出版社已經停止發行，連找到一本樣書都不可能，直到我遇見安娜麗莎・貝爾朵尼，才總算有了點眉目，她在里摩日大學從事教職，同時也是義大利「發言人」（Portaparole）出版社的媒體顧問。我趁委託阿德里安娜・阿斯堤代理出版的一本小書《回憶與遺忘》（*Se souvenir et oublier*）上市的機會，由於這本書就是由「發言人」出版社發行，我才跟貝爾朵尼提到這本已然消失了的傳說中的訪談錄。而由於她的論文便是以莒哈絲作品為主題，所以保留了一本。

透過義大利出版界的朋友幫忙調查，我找到樂奧伯狄娜家族的蹤跡，在波隆納市。然後終於取得她在盧卡市的私人聯絡方式。

將原本就是法國作家說的話從義大利文再翻譯回法文，當然會有改變原表達方式的危險。我儘量試著重現莒哈絲的語氣，她的法國讀者所熟悉的腔調。我認為加上詳細的注釋助益甚大，校正更見必要。

沒有貝爾朵尼，法國讀者就看不到這本書，在此特向她致上謝忱。

何內・德・塞卡迪

懸而未決的激情

童年

Q 您出生於離西貢幾公里的嘉定，隨後跟著家人搬了好幾次家，搬到永隆、沙瀝。十八歲以前，您都住在當時還是法國殖民地的越南。您覺得您的童年很特別嗎？

A 我有時候會想，我全部的書寫就是於焉而生，源自於水稻田、叢林、寂寞之間。那個瘦巴巴又神經兮兮的孩子的童年，白人小女生過客，比較像越南人比較不像法國人，總是光著腳，沒時間概念，甚麼也不會，慣於觀看河上的漫漫薄暮，整張臉被太陽照得燃燒了起來。

您會怎麼形容自己小時候的樣子？

瘦小，我一直都很瘦小。從沒人對我說我很可愛，我們家沒有鏡子可以照。

層層記憶與您的書寫之間有甚麼關係？

我的回憶如電光石火，如此強烈，強烈到非筆墨能形容。這樣才更好，您不覺得嗎？

印度支那的童年是您想像力不可或缺的參考。

童年的強度是永遠也比不上的。斯湯達爾說得對：「童年是無止盡的」。

您最早的回憶是甚麼？

我生命中的前幾年，都離群索居於台地和雨、茉莉花、肉的氣味之間。包圍著我們的大自然令人窒息，我們這些孩子覺得印度支那慵懶的午後，好似蘊藏著向大自然挑戰的感覺。

神祕禁忌的氛圍重重壓著叢林。我們可喜歡那段時光呢！我和我大哥還有二哥，我們都去探險，解開纏繞不清的藤蔓和蘭花糾結，隨時都會有觸到蛇的危險，或者，我哪知啊，撞上老虎吧，隨時冒著會碰到牠們的危險。

我在《抵擋太平洋的堤壩》中花了很長篇幅提到這些。

這超凡的靜謐，這難以形容的溫柔，環繞著我，留下不可磨滅的印記。

我經過村外檢疫站附近的時候，當然也會譴責上帝，這兒的死亡氣息四散瀰漫，沿著我們住的暹羅邊界山坡飄蕩。然而，至今我耳邊依然可以聽到這些人悅耳的哈哈大笑聲；這見證頑強生命力的笑聲。

經過這麼久，您現在對印度和印度支那有何印象？

印度支那是荒誕世界的心臟所在，雜沓紛亂的譫妄、悲慘、死亡、瘋狂和生命都積聚於此。

您在您書中和電影裡所重建的遠東，是一個沒落的、傾頹的遠東。不知道真實程度如何。

我在那生活的時候殖民主義方興未艾，從我回法國以後，就再也沒回去過④。何況，所謂寫實主義的真實性與我無關。

您是說法語和印度支那語長大的。這種雙語經驗對您有甚麼影響？如此遙遠的歐洲文化對您的成長有甚麼貢獻？

我在多年間，都一直壓抑著這種生活的絕大部分。接著，倏忽間，極其粗暴的，我生命中前十二年所經歷的種種，不知不覺地就回來找我。我整個重新活過一遍，苦痛、恐懼、陰暗的叢林、恆河、湄公河、老虎，還有在路邊擠成一團，準備去取水的痲瘋病患，他們把我給嚇壞了。我心想：我的老家印度支那已經展開報復了。

您很小就習慣四處漂泊、搬家和城市遷徙。

因為我父親職業是殖民地公務員的關係。我小時候從來都不會注意看房子；向來毋需留心房子裡面的東西或傢俱。何況，我全部都很熟，我可以閉著眼睛，跟動物一樣在黑暗中來去自如。有些地方我還記得，我們受不了大人時候就會到這些地方避難。從那時起，我就一直都在尋找一個地方，我永遠都到不了那個我想去的地方。是的，我過著流浪的生活，您要這麼說也行。

甚至可以說是流放，您永別老家都快五十個年頭了。

我相信它會跟著我一輩子。就如同猶太人一般，顛沛流離。正由於老家離我如此遙遠，它缺席了的這個事實，使得我所帶走的一切都變得還更強烈。

在您看來，童年的特殊際遇是以哪種方式讓您之所以為您？

某種野性的習氣還留在我身上，至今依然，以動物般的依戀來對待生命。

諸如《情人》或《抵擋太平洋的堤壩》這些小說，我們可以用另一種方式，用「內心世界的家人群像」、「風俗畫」去閱讀它們嗎？在我們談到您和母親間錯綜複雜的關係之前，青春期以前，您和家中其他成員的關係怎麼樣？

我們的生活方式——絕對沒有歐式或法國教育——有崇高、也有粗暴的地方。不虛偽矯飾，不求助於統御和聯結一般家庭的原始、攻擊性本能。全家人都知道我們不會注定長久待在一起，家庭之所以存在，只為了保障一家人得以共同苟活；我們很快就會各奔東西，展開自己的生活。

您不認為這些可能都對後來您成為作家影響甚大？

我就是為了讓這種別人壓在我身上的沉默說話，才開始提筆為文。十二歲的時候，我覺得寫出來似乎是唯一的方法。

您四歲的時候父親過世，之後便和母親及兩兄弟一起生活。如今他們全都過世了，我可以暢所欲言。苦痛已棄我而去。

我二哥身材瘦削、靈活——他讓我想起，上帝才知道為甚麼會這樣，想起我第一個情人，那個中國人。我二哥很安靜，膽子很小，直到他死的那天，我都離不開他。我大哥則是個流氓，肆無忌憚，沒良心，搞不好根本就沒感情。專橫，我們都好怕他。直到如今，我還是把他跟羅伯特·米契爾在《暗夜尋寶》（*The Night of the Hunter*）裡面演的那號人物相提並論，父性本能和罪犯本能的混合體。我想我應該就是因為這樣，才一直都對男人抱持懷疑。

我最後看到我大哥，其中有一次，他到我巴黎的家，來偷拿我的錢。當時德軍占領巴黎，我先生羅伯·昂泰勒姆被押送到集中營。許多年後，我才知道我大哥也偷我母親的錢，他慘遭酒精摧殘，孤伶伶的，死在醫院。

在《艾嘉莎》（*Agatha*）一劇中，您寫到您從羅伯·穆齊爾《沒有特質的人》（*L'Homme sans qualités*）[1]的脈絡中獲得靈感，您甚至乾脆把艾嘉莎幻想和哥哥尤勒里希亂倫的場景給搬上了舞台。

激情的最終階段，是的。長久以來，我都否認我對我大哥除了恨，還有可能懷著激情的這種想法。因為他看我的方式，讓我以為那是恨。有人送了我們電唱機，我從來都不會想跟他共舞：跟他肢體接觸我會害怕，卻又吸引著我。

令長兄的身影出現在《抵擋太平洋的堤壩》，也出現在《情人》裡面。

直到《情人》，我才成功地從對他的恨意中解脫出來。他回法國後成了電工，我則跟我二哥待在一起，我二哥是幫我對抗母親歇斯底里症和怒氣的唯一支柱。我猜，我們，我和我二哥不是她想要的孩子。

1 譯注：德文書名為《*Der Mann ohne Eigenschaften*》，為奧地利作家羅伯·穆齊爾（1880-1942）一部未完成的小說，常被視為是最重要的現代主義小說之一。穆齊爾與卡夫卡、普魯斯特、喬伊斯並列為二十世紀最重要的偉大作家。

《樹上的歲月》（*Des journées entières dans les arbres*）是一個老嫗的故事。她在殖民地生活了好久，回法國後，看到長子成了小偷、騙子，但他依然是她的最愛。

的確。三個孩子中，我大哥他一直都是最受寵愛的。我母親因為自己給了我哥一個弟弟和一個妹妹，害他忌妒，使得她覺得自己做錯了。

那麼她對您是甚麼態度呢？

她受不了我們沾染上的異國氣息。她不斷對我們說我們是法國人，逼我們吃麵包、蜂蜜，可是我們比較喜歡吃米飯、吃魚，還有吃趁她睡午覺時偷來的芒果。直到我十五歲，別人都還以為我是混血兒。某些挑釁我一概不回應。我父親經常扔下我母親一個人好幾個月，不過，就我們所知，她畢竟從來都沒做出對不起我父親的事。

您一向都很少提到您的父親。

或許是因為他活著的時候，我並不瞭解他，我就是為了他，才會這麼一直寫下去。我失去過也找到過一些彷彿是我父親的男人。我父親是老師，他寫數學方面的書。他死得那麼早，我可以說我根本就不認識他。如今我只會再看到他清澈的目光，有時候我還會有他正在看我的感覺。我只有一張他褪色的照片。我母親從來都沒跟我們提起過他。

令尊過世後，發生了甚麼事？

我們非常窮，我母親固執到無以復加，一意孤行，剛愎自用。身為寡婦的她買下那片土地，種不出莊稼的水稻田，應該是因為一直被太平洋淹沒的緣故，母親在那片土地上耕作了二十年，一無所獲。當抵擋海水的堤壩被沖垮的時候，田被淹了，從此她一蹶不振，變得有點神智不清。她老掛在嘴邊說我們慘遭全世界遺棄，賣我們那塊地的公務員卻發了財。母親她像頭牲畜般操勞了一輩子，最後還是孤苦伶仃，尖酸乖戾，窮困潦倒。垂垂老矣的她到羅亞爾河邊去等死，她說那是打從殖民地不存在後，唯一一個她可以過日子的地方。

《厚顏者》（*Les Impudents*）還有《情人》和《抵擋太平洋的堤壩》，令堂再三出現在您的小說裡面。

我記得《抵擋太平洋的堤壩》把她給惹火了……我透過我母親而活。她就活在我身上，乃至於附在我身上。要是她早就死了的話，我相信我會夭折。我不認為我會有辦法再站起來，從那天起，那麼久以前，從我們彼此分離的那天起。

她是個甚麼樣的女人？

精力旺盛、瘋瘋癲癲，只有身為母親的人才會跟她一樣。我們一生中所遇到的人裡面，我相信母親絕對是最怪異、最難以預料、最難以捉摸的那位。她高大而嚴厲，不過隨時都準備好要保護我們，保護我們躲過這種卑劣骯髒生活的各各方面，然而我們還是過著這種生活。

她總是穿著破爛的舊衣服。我依然可以看到她穿著睡袍在她房裡來回踱著方步，要不就是在殖民地飯廳的陰影中，絕望地尖叫，嚷著說她再也不想回法國。她原本是來自加萊海峽省的農家女，直到離開殖民地那天，她都不肯說越南話。可是她卻在當地住民念的小學教書，跟接觸白人比起來，當然會更常接觸越南人、安南人。我母親的學生常來找我玩。我永遠也不會忘記她們是何其優雅，不會忘記她們散發出來的那份喜悅。天熱時，她們會潛入河流、湖泊深處。話說回來，我兒時的整幅景致，彷彿就是一望無際的水鄉澤國。

您還記得您母親其他甚麼地方？

她是個說故事的超級好手。我這一生中，好多事情、好多書、好多談話，我都忘了，可是她用她那單調而緩慢的聲音，在晚上哄我們睡覺時講給我們聽的好多故事，我卻沒忘。我認為最令人念念不忘的事情，的確就是從這邊開始：口語傳述，立即傳遞。

您現在會怎麼看您母親？

她的瘋狂，我永誌不忘。她的悲觀也是。她無休止地活在等待戰爭、等待一場自然災害，好把我們給毀了，所有的人。她辦到了，把家中無隱私可言的這種頑強又土氣的感覺傳給了我，彷彿她在我們家中所建造出來的一座堡壘，一個避難所。

您曾經數度表示，母親生您的時候比較想再生一個兒子，而不是女兒。而您，您小時候會想盡辦法去做一些不會辜負她這種期望的事情。

這個嘛……並不盡然。她不希望我受太多教育，這點沒錯。她發自內心對知識份子抱有某種恐懼，敬謝不敏，能閃就閃。我不記得曾經看過她手中拿著本書，一次都沒。就因為這樣，還有別的原因，我才決定一去不回。

在湄公河岸邊的您，對法國生活有甚麼想像？

我對歐洲的唯一印象是透過我母親的敘述。我回法國後，得學著裝模作樣和西方口吻，對我來說並不容易。因為我突然就得穿上鞋，還得吃牛排。

巴黎歲月

Q 您才剛滿十八歲就隻身返法。

A 我躲在門後面等了這麼些年，但願家人注意到我的存在，我瞭解到是我錯了。我想重新開始，證明給我母親看我可以走得出去。難道說大家之所以沒有全都逃家，那是因為我們唯一可能的冒險，早就被母親算得準準的？

您一到巴黎，立刻就在大學註冊。

我申請到獎學金。我得開始做些甚麼。剛開始很困難。我先註冊數學系，不用說，那是為了要跟父親走同樣的路。卡爾維諾[2]和格諾[3]就斷定精密科學和藝術之間的關聯

2 譯注：卡爾維諾（1923-1985），義大利作家，以奇特和充滿想像的寓言作品，在二十世紀的義大利文壇占有一席之地。代表作有《看不見的城市》（*Le Città invisibili*）和《如果在冬夜，一個旅人》（*Se una notte d'inverno un viaggiatore*）等。

3 譯注：格諾（1903-1976），詩人、小說家，烏力波（潛在文學工場）（Oulipo, Ouvroir de littérature potentielle）的創始人之一。一輩子幾乎都在伽利瑪出版社工作。

極其密切。隨後我又試圖在巴黎政治大學註冊，最後終於從法律系畢業。一上來幾場大考都過了關，我才開始有了凌駕於悲慘之上的感覺。這種經常肆虐的悲慘印象，是我母親因為自己不如那些她認為重要的人而感到自卑——不管是公務員也好，殖民地海關人員也罷——所感染給我的。

您過著甚麼樣的生活？

學生生活。上課，聚在咖啡廳裡吃三明治，高談闊論，晚上去啤酒屋，當時我們都好年輕，窮得身無分文。

我對那些年的生活記憶模糊。或許是因為我從來都不提的關係。有時候我覺得那些年好似為黑暗所吞噬。

您一開始都跟哪些巴黎人來往？

跟我一樣經常往來於大學的學生。後來我遇到了一個從訥伊來的猶太年輕人。至今我依然記得，認識他是我這一生中最能激發我、最具有決定性的其中一次巧遇。他讓我見識了我一無所知的地方和從沒聽過的書籍。我，一個只看過沼澤，只知道皮耶・洛蒂[4]和皮耶・伯諾瓦[5]筆下異國情調的人。他要我讀《聖經》、發掘音樂之美。每個禮拜，我們都會去聽莫札特、巴哈、海頓音樂會。

您也會注意歌劇節目嗎？

聽歌劇是我很厭煩的上流社會和布爾喬亞活動。光歌劇本身就夠無聊的了；效果過於壯觀，令人目不暇給，削弱了音樂的貢獻。音樂，真正的音樂，絕不能有別的東西作為背景陪襯。音樂必須要能淨空我們，填滿我們的一切。

4 譯注：皮耶・洛蒂（1850-1923），法國作家。以描繪所謂的異國情調作品著稱於當代和後世，代表作有《冰島漁夫》（*Pêcheur d'Islande*）、《菊子夫人》（*Madame Chrysanthème*）和《在北京最後的日子》（*Les Derniers Jours de Pékin*）等。

5 譯注：皮耶・伯諾瓦（1886-1962），法國作家。年輕時曾在突尼西亞、阿爾及利亞等地生活多年，以冒險小說著稱。二十世紀初，其代表作《大西城》（*L'Atlantide*）甚為轟動。

您還會聽音樂嗎？

不聽了。從前我聽巴哈，當時我年輕、天真，當年我對一切都無動於衷，現在聽音樂，我會難過。相當費力，會很痛苦。哪個人告訴我說他聽莫札特聽了一**整天**，我就會很想笑。

回頭談談您剛到巴黎的前幾年，談談「人民陣線」（Front populaire）正風光的那幾年，當時左派大獲全勝，萊昂・布魯姆又勝選，許多知識份子：紀德、貝爾納諾斯、馬樂侯、莫里亞克還夾雜在人群中，紛紛表態支持。

當時我並沒真的參與。政治對我來說極其遙遠。我覺得自己正年輕，我才管不了這麼多。比方說，馬樂侯的口才和表態——他很久以後才成為文化部長，可是我早就不經意地在電視上稍微有點注意到他了——那時候我已經覺得他口若懸河。

可是，您不參與政治活動的時間相當短，因為，您跟羅伯·昂泰勒姆結了婚，幾年後他就發行了像《人性空間》（*L'Espece humaine*）這樣的政治性書籍，而不久之後大戰就爆發了，您還入了共產黨。為甚麼？

我必須走出寂寞，走出我深陷其中的寂寞，我沒有歸屬感，所以才進到某個團體，某種可以彼此分享的集體意識。我雖然知道古拉格、史達林主義、西伯利亞、德蘇互不侵犯條約、一九三四年大屠殺，可是我登記入黨，等於是放下自己的命運轉而認同黨的命運。同樣的，我的不幸也會成為階級不幸。

您在法國共產黨行列中待了八年，有甚麼結論？

我到現在還是個共產黨員，在共產主義中找不到自己的共產黨員。一個人必須搞自閉、神經質、又聾又瞎，諸如此類的，才能加入某個政黨。我在法國共產黨那邊當區祕書，當了好多年，並沒意識到發生了甚麼事，我沒發覺工人階級是因為自己懦弱才成了受害者，無產階級也一樣，他們坐以待斃，不想辨法突破自己環境的種種限制。

一九五〇年代下半葉，甚麼原因促使您離開共產黨？

史達林模式模糊了革命，還有一九五六年的匈牙利事件[6]令我作嘔。當然，離開黨是一大傷痛。得等到一九六八年，我才不再感到自己是共產主義意識形態的受害者，我突然就想通了。我受夠了蠱惑人心的馬克思主義，它企圖消滅個人矛盾，結果反而弄巧成拙。所有想簡化人類知覺的企圖，本身都帶有法西斯之流的玩意兒（就這點而言，史達林主義和希特勒主義是同一碼事）。

您是個知識份子，而且您還寫作，在黨內，大家怎麼看待這件事？

頭幾年，我偷偷寫。同志們根本就不知道我有好幾張文憑。他們遵奉極其嚴厲的生活教條：閱讀和寫書則不在強制規定和預定計畫之內，讀寫有點像是理論性犯罪，對抑制人心的黨的信條有損，會害其失去效用。總之，他們最後還是編派了一個罪名給我。我開拍《太陽正黃》（*Jaune le soleil*）的時候，他們指責我反共產黨，阻止我繼續拍攝，還試圖強迫我過夫妻生活，過家庭生活；「跟所有其他黨員一樣，」他們說。後

6 譯注：匈牙利稱為「一九五六年革命」，發生於一九五六年十月二十三日至十一月四日，是匈牙利民眾對蘇聯的傀儡匈牙利人民共和國政府不滿，從而自發進行的全國性革命。最初以學生運動開始，以蘇聯軍隊入駐匈牙利並配合匈牙利國家安全局進行鎮壓而結束。

來有一份書面報告揭發我經常出入夜店，造成軒然大波，還因為我跟兩個男人**同居**：我的新舊情人。

曾經加入法國共產黨的經驗，對您的作品有所制約嗎？

要是如此的話，我就不是個貨真價實的作家。我寫作的時候，會忘了所有意識形態、所有文化記憶。在《抵擋太平洋的堤壩》裡面可能帶有某些政治方面的意涵：母親獨白時提到悲慘窮困，還有針對殖民地做的敘述；不過這些都還攸關一個絕望女人的內心辯證。我相信作家不是為了發出訊息給讀者才寫：作家寫的時候眼裡只有自己，只會想到如何打破之前的風格，每次都再創新。

您呢？您知道有任何共產黨作家會這麼做嗎？別跟我提阿拉貢的超現實主義：他寫得很好，就這樣。可是他甚麼也沒改變，這個善用詞語魅力的人，一直都是死忠的黨代表。

您畢竟還是相信政治烏托邦。

相信阿連德[7]，是的。相信一九一七年的俄國革命、布拉格的春天、早期的古巴，還有切．格瓦拉。

那一九六八年呢？當時您是學生作家委員會成員。

我就是把一九六八年當成烏托邦，所以才信。這股狂瀾，攪混了一灘死水的歐洲，搞不好還攪亂了全世界。

有一次您曾經說過「波特萊爾提到情人、慾望，其實他對革命風潮的感受還更強烈。至於中央委員會的委員，他們談到的革命，則是色情。」⑤

馬克思主義害怕「某些自由力量」——想像力、詩歌，甚至愛——就跟所有政體或多或少都會暗中挖牆腳搞破壞一樣，如果這些力量不如馬克思主義所願那般運行，它就會把自己設定成審核制度，對探索、慾望加以檢查。

7 譯注：阿連德（1970-1973），智利總統。拉丁美洲第一任自由競選獲勝的總統。

您認為自己哪些作品最有具政治意味？

一九七〇年寫的《阿巴恩、薩巴娜、大衛》（*Abahn, Sabana, David*），內容充斥著所有我對黨的怨恨：大衛象徵被史達林的譁眾取寵給麻醉了的人；阿巴恩則代表知識份子的形象，因為過著精神分裂症患者的生活而苦不堪言；薩巴娜則或許是標識著無從掩飾的痛苦本身。反之，《愛》（*L'Amour*）則充滿我對末世論的恐懼，對世界末日所抱有的感覺。在《毀滅吧，她說》（*Détruire, dit-elle*）裡面，伊莉莎白．阿利歐恩、阿麗莎和史坦就暗示摧毀世界不失為唯一拯救全人類的方法。

換句話說，我們也可以把《毀滅吧，她說》視為是六八年五月學運的某種宣言。

瘋狂是對樣板的終極拒絕，烏托邦也是，它們將我們拉遠，保護我們不受到任何傷害。

傅柯在這點上同意我的看法。我不明白當年索萊爾怎麼能那麼肯定，說這不是本政治小說，而只是文學⑥。知我甚深的布朗修，則立即便理解到書中文字的革命傾向，我指出愛與死的二元結構是救贖的唯一途徑，而這條途徑正是經歷過之前所存在的一切的全然毀滅，並阻礙了任意竄流的衝動通量⑦後才走出來的一條路。

六八年五月讓您學到最珍貴的一課是甚麼？

一九六八年五月、布拉格之春，它們是比任何政治勝利還更珍貴的政治失敗，因為它們造成了意識形態的真空。不知何去何從，我們在那幾天裡就是這樣，只知道走上街頭，只知道要行動，幾乎可以說完全沒考慮到後果、矛盾：我們學到的就是這些。可是我不禁捫心自問，身為作家，難道能夠不衝撞矛盾嗎？不能。好的敘述者更不能。很顯然，提議完全廢除意識形態，在像法國這樣的國家來說並不容易，自古以來，任何歷史階段，從來都沒出現過抗命者這個詞的定義，因為打從孩提時期，就開始有人對我們的生命發號施令，驅離我們生命中不守秩序的一切。

而權力正是扎根在這份對空的恐懼上，這種連最小的泛流危險都要築壩阻攔的意願上。

在當前這種事態之下，馬克思信仰可以繼續存活嗎？

我是以政治論述全都很類似這個原則為出發點：採取行動根本就沒用，歐洲因身為革命傀儡而苦，馬克思主義如今則成為概念上、思維上的教條，也就是說行尸走肉。

您另外一部政治作品，《卡車》，裡面的女主角說：「但願世界毀滅，唯有世界毀滅，才是唯一的政治。⑧」

我再也甚麼都不相信，而不相信則可能會導致這種「遇權威必反的行為」——這是對付銀行寡頭，回應統御我們的假民主，唯一可能的答案。

可是最近幾次選舉[8]，您還是投了社會黨。

這是一種類似棄投法國共產黨的做法，表示我想在法國共產黨和社會黨兩個敵對陣營間找出解決之道。這一切，都基於我對好友密特朗的尊崇。何況，打從我見識過法國共產黨多次的政治主張後，我再也沒辦法表態支持他們。

8 譯注：莒哈絲於二戰期間便與密特朗交好。一九七一年起，密特朗被選為社會黨第一書記，並曾代表左派參與總統大選，但敗選。一九八一年，終於勝選，當上法蘭西總統。一九八六年，法國國會大選，社會黨失利。此處所稱「最近幾次選舉」應該指的就是這幾次。

您從很久以前就認識密特朗總統。

對，從抵抗運動那個年代就認識了。我只會把我所有寫的書寄給極少數幾個人，他就是其中一位。我確定他一定會看，而且他會打電話給我，跟我討論。密特朗是一個非常熱愛生命的人。當然，只要他還是總統，他就無法對共產黨、對法國現狀暢所欲言。

過去多年來，我每次看到他們上電視，席哈克和他，兩個人天差地遠：一個開放，準備好要改變、接受對話；另一個，使出夾纏不清的老掉牙語言，捍衛以自我為中心的國家，來自於一個絕對自我封閉的社會，而且害怕一切外來的人，管他是知識份子、猶太人、阿拉伯人、中國人、阿根廷人，還是巴勒斯坦人。

幾年前，《它報》（*L'Autre Journal*）⑨曾經刊登過總統和您之間針對重大時事所發表的談話和會面情形的部分聽打紀錄。

他看到這些逐字聽打的稿子很高興，甚至還堅持我們該繼續對談下去。最常見的情形都是先在我家談天說地，然後我謄寫成逐字稿，他再訂正，然後我再訂正一次，他隨我怎麼樣。我們笑得都快瘋了……

關於新聞工作，從五〇年代末期，您積極參與貴國的政治與社會生活，在週報或日報上撰寫有關各種主題的文章，比方說《世界報》和後來成了《新觀察報》（*Le Nouvel Observateur*）的《法蘭西觀察報》（*France-Observateur*），甚至一些女性雜誌，好比說《時尚》或《女巫》（*Sorcières*），乃至於最近跟《解放報》，還有前面提過的《它報》合作。

我一直都很喜歡新聞工作，喜歡每天趕著交稿的壓力。撰寫時間倉促，文字本身就必須更強而有力——而且搞不好還會受到限制呢。只待讀者一消化完，便遭丟棄。《世界報》先再三要求我對一樁又一樁的事件表態，可是他們編輯部通常都沒膽刊登我的文章……

至於《它報》，則是其中一個我最喜歡的左派文學雜誌，他們說只要登出我的文章，銷售量就會增加。

促使您從事新聞這個行業的理由？

我突然覺得有必要在一個有某些主題的地方，公開展現我所思所想。我需要走到陽光下，走出自己的斗室，不再閉門造車，到外面掂掂自己的斤兩。我趁閒暇時刻，趁著每天寫作的短暫休息時刻，開始幫報社寫文章。其實我寫書的時候，根本連報紙都不看。可是寫這些文章花了我好多時間，您無法想像，即便從事新聞工作好幾年了，我還是覺得壓力很大。

新聞業的功能應該是甚麼？

圍繞某個事件造成輿論，否則就得不落痕跡地從旁邊繞過去。

我不認為客觀專業可以存在：我喜歡直接了當地「擺明立場」。某種道德姿態。這是作家非常可能藉由自己的書籍所傳遞的事情。

您對某些社會事件高度狂熱，而且一路走來始終如一。您通常都會透過電視或日報發表言論，輿論卻對您的立場大加撻伐。

我口說我心誘惑著我，就為了要揭發法國社會的不公不義。法國人拒絕反省阿爾及利亞戰爭、極權政體高漲、地球軍事化、牽強做作的社會教化，凡此種種，我一直都實話實說。

我最感興趣的是這一切對每個人所造成的衝擊：人類本身的一切就很瘋狂，非理性的行為、情殺、鋌而走險的犯罪。要不就僅僅是因為我對人類某些方面的興趣，比方說對任何人都等量齊觀的司法制度，不可逆的，帶有此類特質的事件。

四年前，在《解放報》的一篇長文中⑩，您對克莉絲汀·維爾曼殺人案表示關心，她遭指控在孚日省某村謀殺親生兒子。您自己說過，您親自去了萊龐日敘爾沃洛涅（Lépanges-sur-Vologne），即使當時您不在場，但您可以想像得出來那些事究竟是怎麼發生的：您設身處地，把自己當成維爾曼——或許不太相似——重新走過一遍整件事的完整過程，最後甚至把維爾曼視為「大大了不得」的女英雄。甚至為文幫她美言，指稱她因為受到奇怪和晦暗的力量驅使，所以才會謀殺親子，整個過程和整體事件是不可逆的。所以說，依您之見，那個女人的瘋狂作為是命中注定，是她透過殺掉自己不想要的孩子來自我探索、自我解放的終極嘗試（所以說她是無辜的，不應受到譴責）。

首先，維爾曼犯罪事件是某個受害者——就跟所有的女人一樣——所犯下的錯誤：她不敵日常生活中的柴米油鹽，沒能力從中再站起來，注定成為點燃這個並非她自願過的生活的火花⑪。

您無條件幫維爾曼辯駁引起一陣譁然，許多知識份子和演藝圈名人，其中包括女星西蒙．仙諾，都群起反對。

維爾曼是遭到男人壓迫的女人原型，建立——夫妻、性別、慾望——這些一勞永逸制度的則是男人。像維爾曼這樣的女人比比皆是，她們不懂得發言，被圍繞自己的虛空搞得疲累不堪，因為，一心等著要自我實現的孩子甚麼都不是，他們只會於日後造成女人束縛⑫。

總之您的報導少說也提到好幾次您數度前往社會邊緣人社群——貧民窟、監獄、暗巷，或相反，去修道院——跟被拘押的犯人、殺人犯、加爾默羅會修女[9]、無產者、非洲人、猶太人碰面。

我想做的是，讓某個世界的人得以發聲，在多年的經濟繁榮之下，我們一無所知的那個世界；以便讓某些見證——阿爾及利亞工人令人不安的自衛、加爾默羅會姊妹沒知識到讓人害怕——擁有巨大無比的衝擊力道，大到再也不容資產階級忽視或操弄。

您對人類的未來和進步有甚麼看法？

機器人化、電信通訊、資訊化省去人類所有努力，最後也會削弱人類的創造力。其風險在於人類會被壓扁，沒有記憶。除此之外，還有鬥爭，不過跟人類的問題相形之下，這一點就沒甚麼了；鬥爭永無休止，日復一日，人類透過發起鬥爭來試圖解決鬥爭

9 譯注：Carmel，俗稱聖衣會，是天主教隱修會之一。須謹遵守齋、苦行、緘默不語、與世隔絕等嚴格會規。

本身的無法解決性。要不就老是因為得面對有沒有上帝這個問題而鬥爭。

您信上帝嗎？

唯有當我們被虛空圍繞時，神才會住進我們心中，但這無濟於事。不信上帝，只不過又是另一種信仰罷了。我懷疑真有可能甚麼都不信嗎？甚麼都不信，就等於去除我們一生最愛的所有意義、一切永恆。一切都將成為它本身的一種目的，而喪失了結果。不過我們也不能排除搞不好這正是：人類的未來。

依您之見，人類可以侈言幸福嗎？

幸福，是一個詞，永遠也不該說出來。我們賦予這個詞的意義本身就害它誤入歧途，它會面臨一個超出自己意義之外的有效範圍：無法達到，極其神祕。

您相信偶然嗎？

我喜歡感受到自己是一盤重大賭局的一部分：無法控制或預測事件發展。您知道嗎？我覺得一般人之所以會困惑，就是因為這樣造成的，就是因為一般人都不在自己所希望的高度，無法決定自己的命運。

想到死亡，您會害怕嗎？

我上次住院才意識到這點⑬。他們說要是我再喝的話，我就死定了。從此我就有強烈的恐懼感，困獸的恐懼。

我年輕的時候，將近三十多年間，跟死比起來，我還更怕變瘋。大家總是指責我，說我瘋了、不合乎邏輯。可是在我身上，唯一紊亂的、矛盾的，卻只有外表而已。最後大家終於幫我編派了小小神經質的罪名，致使我得卯足了勁兒，才能從別人硬安在我身上的瘋狂中解脫出來。

一邁入第三個千禧年，大家就經常把世界末日掛在嘴邊。

對公元兩千年的恐懼，對世界末日的恐懼，是個幻覺。大家都說世界末日指日可待，可是沒人解釋為甚麼。和我們在第一個千禧年時經歷「末世」（l'Apocalypse）時的神祕主義式恐慌相較之下，我們現在的恐懼是種冷漠的恐懼，恐懼它以全憑經驗的方式，意識到敗壞毀滅不可逆轉的危險性，就跟從前一樣，暗藏在它之後的還有著那「神聖」赴死的念頭：說到底，就是虛無的想法。

車諾比核電廠大爆炸⑭的插曲，證實了人類集體且漸進終結的這個事實，然而它涵括的範圍會有多大尚無法計算。大家早該決定關閉核電廠，但是並沒有。可是第三世界以後還是會需要靠核能發電。還有就是，關閉核電廠又有甚麼用？因為即使關閉了，反正核電廠還是有危險。受核能威脅的地區永遠也成不了麥田一片。

寫作歷程

Q 促使您從事寫作的原因？

A 我感受到需要在白紙上重建某樣東西的急迫性，卻沒力量完全做到。那個年代，我大量閱讀，而且不可避免的，寫作的急迫性是如此強烈，乃至於我沒意識到自己究竟受到甚麼影響。作家得等到第二本書的時候，才會看清楚自己的寫作方向，因為此時我們已經慢慢擺脫自己受到從事文學這個念頭的迷惑。

怎麼開始的呢？

我十一歲的時候住在交趾支那，每天就算在樹蔭下也有三十度高溫。我寫了好幾首詩——每個作家都是從寫詩開始——關於這個世界，關於我根本就一無所知的人生。

一九四三年，您二十九歲時，寫下了第一本書《厚顏者》。

這本書是在講述我對我哥的恨意。我把手稿寄給格諾——我並不認識他——他在伽利瑪工作。我進到他的辦公室，雖然很興奮卻信心滿滿。其他所有出版社都已經拒絕了這本書，可是我確定這次伽利瑪會接受。格諾並沒說《厚顏者》寫得很美，他抬起眼睛，僅輕描淡寫地說：「小姐，您是個作家。」隔年，格諾出版了《平靜的生活》（*La Vie tranquille*）。那本書寫得好差，過分強調寫實，好天真。

一直到《如歌的中板》（*Moderato cantabile*）之前，我都好像認不出自己寫的書。就連《抵擋太平洋的堤壩》或《塔吉尼亞的小馬》（*Les Petits chevaux de Tarquinia*），這兩本書還是寫得太**滿**，書中把一切都說得太多了。沒留給讀者任何想像空間。非要我舉出一本的話，我認為《直布羅陀的水手》（*Marin de Gibraltar*）描繪的某些方面，跟處於成熟期的現在的我可以搭上點關係：一個女人，活在永無止息地等待著一個水手，一種到達不了的愛。跟我現在所寫的東西很類似。

多年來，我都過著入世的生活，我把我輕易就遇到的許多人或者我跟他們說的話，反映到我的書裡。直到我認識了一個男人，然後才一點一點的，所有這些俗務都消失不見。那份愛很粗暴，極其情慾，我首度失去控制。我甚至想要自我了斷，那份愛改變了我從事文學的方式：好似發掘到了我身上的空、洞，並找著了說出這些的勇氣。《如歌的中板》裡面的那個女人，還有《廣島之戀》（*Hiroshima, mon amour*）裡面的那個女人，就是我。我被那份激情搞得精疲力竭，無法付諸話語，我決定寫，幾乎帶著冷漠去寫。

一九五〇年，輪到《抵擋太平洋的堤壩》了，一本真正有關您少女時期的書。也是最受歡迎、最簡單的一本。賣出五千本。格諾興高采烈，跟個孩子似的，他大肆宣傳，我就差在沒得個龔古爾文學獎了。但那是本政治性、反殖民地的小說，何況在當時是不能頒獎給共產黨員的。三十四年後，我才因為重拾同一題材的《情人》——殖民地的窮人生活、性、金錢、情人、母親和兄弟——得到這個獎。

寫《情人》的時候，您有甚麼感覺？

某種快樂。這本書走出晦暗——我將自己的童年流放進去了的晦暗——而且《情人》毫無規則可言。一連串彼此沒有關聯的片斷，我找到了、也放棄了的片斷，但我不曾在此停留，既沒宣告它們的到來，也沒幫它們做出結論。

是甚麼原因促使您說出這段您自己都定義為不可告人的故事呢？

我擺脫了疾病、疲勞，給了我渴望，讓我想在這麼長的時間後重新回頭審視我自己。跟靈感無關，我比較會把它看成是一種書寫的感覺。《情人》是個野蠻的文本：而我身上這粗暴的一面，則是透過洋・安德烈亞的《M.D.》⑮一書，我才發現的。

小說中的人物和場景符合實際情形嗎？

這麼些年，這麼多往事，我八成撒過謊。當時我母親還活著，我不希望她發現某些事。然後，有一天，她過世了，我一個人了，我就想：現在為甚麼不說出真相呢？《情人》裡的每件事都是真的：服裝、我母親的憤怒、她讓我們嚥下去淡而無味的食物、中國情人的豪華房車。

就連他給您錢也是真的？

我認為我有責任找個億萬富翁，把他送給我家。他送我禮物，我們搭車兜風，他還請我們全家上西貢最貴的餐廳。席間，沒人跟他講半句話，殖民地的白人有點種族歧視，我家人說他們討厭他。當然，只要涉及金錢，家人就視若無睹。好歹我們不用賣掉或典當傢俱來求溫飽。

您對這個男人還留有甚麼其他的記憶？

我不喜歡他那中國人的身體，但我的身體卻讓他有快感。這種事，我還是到了那時候才發現的。

您指的是慾望的力量嗎？

對，徹徹底底，超越感情，不具人性，盲目。沒辦法形容。我愛這個男人對我的愛，還有那淫慾，每次都被我們倆天差地遠的歧義所燃燒。

《情人》一書光在法國就賣了一百五十萬本，還被翻譯成二十六國語言。這本書如此暢銷，您怎麼解釋？

原本我的編輯傑若姆．藍東才印了五千本！幾天就銷售一空。一個月就印了兩萬本，於是我就不擔心了。我把這本書擱在一邊，沒再打開來過，我一直都這麼做。有人對我說過：愛，是保證成功的主題。

可是我寫《情人》時想的並不是愛。我甚至還想用這些反正我已經處理過的主題來讓讀者感到無聊、激怒讀者。我重拾這些扉頁，萬萬沒想到大家竟然會把它當成一本通俗小說來看。

其他還有甚麼成分，才造成這本書大賣呢？

這本書，我認為，傳遞出了我每天因為寫作十個鐘頭而享有的極大樂趣。通常法國文學都搞混了，誤以為嚴肅認真的書就會很無聊。其實，讀者之所以看不下去自己正在看的書，是因為這些書都自負得不得了，充滿想反映出別樣東西的愚蠢自負……

您知道您如今已譽滿全球，因為這件事——有時候就光因為一件事——寫了《情人》？

終於，大家再也不能說莒哈絲只會寫些「知性的玩意兒」……

您會想指出如何去詮釋《情人》一書中某些點的關鍵嗎？

這是一本小說，就這樣。誰想引導它，誰就哪兒都去不了。故事還沒結束，僅僅是書停了下來而已。愛，快感，這些不是「故事」，至於另外一種閱讀方式，較為深入的閱讀，即使真的有，也不會出現。每個人都可以選擇怎麼去領會它。

依您之見，您認為從《情人》起，您最徹底的風格變化是甚麼？

甚麼都沒。我的寫作一直都一樣。在《情人》裡，頂多說一句，我隨意發揮，無所畏懼。現在大家比較不怕，最起碼外表看起來，不怕自己會前後不一致。

從《情人》開始，您的書寫越來越輕盈。

跟從前相比，是說話的聲音改變了；就像是某樣東西不由自主地就變得簡單。

請您解釋得更清楚一點。

《情人》是一本滿富文學氣息的書，弔詭的是，它看起來離文學卻差之遠矣。讀者看不到它有何文學之處，讀者根本就不該看到技巧，就這樣。

您堅持不肯稱之為這本小說的「風格」。

非說有甚麼風格不可的話，那麼就是一種「物理」風格。《情人》是因為我偶然找到一系列照片所衍生出來的，我才開始想到讓文字退居二線，凸顯影像。可是書寫占了先機，動作比我還快，唯有在重新閱讀《情人》的時候，我才發現這本書是建構在借代轉喻之上。有的詞，好比說「荒漠」、「白」、「快感」，會跳脫出來，它們在整個敘事中文饒富深意。

現在輪到談談您另一本暢銷書了。您認為一本像《痛苦》（*La Douleur*）這樣的書，有甚麼特點？

特點就在於我選擇女人面對談論戰爭時的恐懼作為敘事觀點，而不只是一般的主題。其實書中敘述的是最低下的事實，甚至有關人類生理中最獸性的一面，比方說我先生從達浩（Dachau）集中營回來時，他那敗壞了的身軀，或是那個想跟我上床的蓋世太保皮耶．哈畢耶的故事，我先將他榨乾抹淨，然後才舉發他。或者是那個，還更加殘暴的那個故事，有人指控我是德國人的奸細，害我承受嚴刑拷打。

《痛苦》是本勇敢的小說，恐怖與神聖的混合物，是我寫過的作品其中一部最重要的。針對書中鉅細靡遺地描繪了所有事件這點而言，《痛苦》的寫作手法很硬、很現代。有人跟我說《痛苦》讓他想到巴代伊[10]。可是《痛苦》不是文學作品，我再說一遍。而是一個或多或少有點像文學的東西。

10 譯注：巴代伊（1897-1962），法國哲學家，被視為解構主義、後結構主義、後現代主義先驅。情色（érotisme）和逾越（transgression）是他兩項最受人矚目的研究課題。

《痛苦》的寫作素材真的來自於您二戰時記滿的筆記本嗎？而且它們還真的奇跡似地從櫃子裡面突然就冒了出來？

法國許多評論家都不信我。他們要的話，我可以拿我的日記給他們看。我不記得我是從哪天開始寫的，我只知道都是些草稿、片斷、一些筆記，後來我利用它們寫下了《直布羅陀的水手》、《抵擋太平洋的堤壩》等小說。還有就是，您知道，一個人可以在某些事上面說謊，可是這件事就不能，一個人沒辦法在痛苦這件事情上說謊。

現在來談談您最近發行的其中一部作品，您在字裡行間宣稱一本像《藍眼睛黑頭髮》這樣的書，帶有自傳性質——一個女人和一個同性戀男子之間不可能的激情的虛構故事——可是這個故事卻是您其中一部敘事作品《死亡的病症》（*La Maladie de la mort*）核心重點的翻版。

親身經歷，是的。不，距今並不久，如果這是您想要知道的話……彼得・漢德克和路克・邦狄曾經幫柏林列寧廣場劇院詢問過我，要我將《死亡的病症》改編成劇本。

我把劇本寄出後兩天，就打電話給他們，要他們寄還給我。幫劇場寫本子的時候，我才意識到自己落入所有我想避免的陷阱裡：也就是說一個不該有形式的文本、一個永遠也不該「完成」的文本，我卻賦予了它一種「構成」形式；我還瞭解到文本的力量正是來自於這種未完成。我覺得自己好像逃脫不了流於形式的宿命，成了受害者，改編劇本我重新寫了三遍，還寫不出結局。我跟洋說，我向他宣布我再也寫不出東西了。他，他知道我的工作方式——危機、悔恨、修改——他不信我說的話。然後，某個六月的夜晚，那是在一九八六年的時候，在特胡維爾，我就這麼開始寫了起來，在炎熱中，在夏夜裡。而，故事就來了。

洋有幫忙看您寫的文稿嗎？

當時他自己就麻煩纏身，他開車到處亂逛，每天可以逛上十個鐘頭。車一停，他就會哭，就會找我發泄。他好像想向我嘶吼某樣他也無法解釋的東西，甚至連解釋給他自己聽也沒辦法。接著，他又出門，我不知道他去哪，我猜應該是夜店吧，去找男人，在酒吧間裡，在全都裝潢成白色的酒店大廳裡。他經歷這一切的時候，我正在寫的故事，則是一個女人愛上一個連自己的慾望都憎恨的男人，我是無心的。

一九八五年，彼得．漢德克還把《死亡的病症》拍成電影。彼得．漢德克以我的看法還有布朗修的見解為基礎，重新寫了劇本。他甚至還把我們的觀點占為己有。他這部電影比我在整個故事中所表現出來的浪漫太多了。對他來說，一男一女之間真正死亡的病症，就只是缺乏感覺。

布朗修在《無法抵賴的共同體》（*Communauté inavouable*）⑯中曾大篇幅提及《死亡的病症》。關於激情，他寫道：「命中注定，激情會讓我們一頭栽進去，不能自己，為了另一個吸引我們的人，更因為我們覺得他似乎遙不可及，致使這個人高居所有我們認為重要的東西之上。」他進一步寫道：「隨著時光流逝，他認清了唯有與激情同在，時光才會不再流逝，因此，他自己小小的產業遭到剝奪，因為被激情占據，而『他自己的房間』，則跟空的似的——而正因為激情所建立出來的這種空，才使得激情顯得太過了——於是，他有了激情必須消失的想法，要是激情回歸大海（他相信激情來自於大海），一切都將得到抒解，然而他的這個想法僅止於想而不會付諸行動。〔……〕只不過，他犯下跟別人說的錯誤，甚至還加以嘲笑，彷彿他想採取極端手段的這種嘗試，犧牲生命也在所不惜，在他的記憶中，只留下虛幻的嘲弄。這正是共同體的特徵之一：共同體一旦分解，就會給人一種它從來都未能存在，甚至從來都不曾存在過的印象。」我們會違反所有律法，一心想獲得、想竊取。而，事實上，激情永遠總是跟我們擦身而過。想要完成全然的愛，唯有經由失去方能達成，但，事實上，我們從沒擁有過。而正是男人和女人之間的相異性，才創造出這種「永遠都是臨時性的共同體，而且一直都是已然背離的共同體」。至於「無法抵賴」，則正是因為：跟所有共同體一樣，愛人共同體永遠也無法彼此對話，永遠也無法相互付出；當愛消散時，愛人共同體會留下某樣東西的痕跡，這樣東西明明已經發生，卻從未存在。

對，就是這樣沒錯。

甚麼原因促使您出版《物質生活》（*La Vie matérielle*）？這本書是您同意讓傑若姆·伯如將您自傳式對話錄——或者該說您記憶中某些想法的組合——逐字忠實聽打下來的紀錄。

一股慾望，說出我所想的東西、我這一生還從未寫過的東西，但它們又令我高興或擔心，一般我在接受訪談時，從來沒有人問過我任何有關這方面問題的東西。

前些時候，霍格里耶[11]談到有關他「回憶錄」裡的最後一部——《安傑莉卡或迷狂》（*Angélique ou l'enchantement*）、談到「新自傳」，也就是我們所謂的「新小說」。霍格里耶發揚光大普魯斯特《駁聖伯夫》（*Contre Saint-Beuve*）一書的論據，並數度援引《情人》為例，他採用「新自傳」這種說法來形容自傳式書體的新風格，這種風格並不見得就建立在四平八穩或前後一致的記憶數據之上，而是建立在一系列「在文字間變幻與飄蕩的片斷之上，然而這些片斷卻正好有可能重建靠不住、可信度低的回憶」。

可以看看《薩凡納灣》（*Savannah Bay*）裡面有一段：舞台上有名老婦，重新經歷

11　譯注：霍格里耶（1922-2008），法國作家和電影製片人，新小說代表人物之一。

著一段混淆不清的過去，然而過去只剩下燃燒著的白石影像。過去混入現在，如此不真實，乃至於有可能變了形，甚至是她自己虛構的。

您在構思最新的這部小說《艾蜜莉．L.》（*Emily L.*）時也遭遇困難。

就是說嘛，怎麼會這樣呢！可是我明明就天賦異稟，讓我可以在一個禮拜內就寫出一本書啊……跟我在課堂上寫功課一樣輕而易舉。

我有時候會覺得寫《艾蜜莉．L.》的並不是我。我只不過目擊了一本書自行完成。其實都是傑若姆的女兒，愛琳．藍東，她非要我寫完不可。她幾乎每天都會到我家來拿稿子，叫人用打字機打出來，然後再把打字稿給我看，我再訂正。

您自己說過，某些方面《艾蜜莉．L.》跟《勞兒之劫》（*Le Ravissement de Lol. V. Stein*）很像。

區別在於，《艾蜜莉．L.》是一個女人在觀察另一個女人都發生了甚麼事，並未直接牽連進去，不管發生任何事都不受影響——跟勞拉．瓦勒莉．史坦所發生的事情正相反——因為事實上，另外一個女人，艾蜜莉，她是坐在咖啡廳裡面的。

《勞兒之劫》，就文體學的角度來看，也因為這部小說所涉及的某些主題的緣故，《勞兒之劫》被視為是您最複雜的一本小說。拉岡在他的研討會專論中，有好幾頁就是專門獻給您的。

我寫這本書的時候正在戒酒。我一直都很怕沒酒精怎麼過日子，而我在這本書中也加入了這份恐懼。

《勞兒之劫》本身就是一部小說，一個女人被潛在的愛給搞瘋了的故事，這份愛從未表現出來，從來也沒付諸行動。換句話說，在沙塔拉開舞會的時候，勞兒看到她的未婚夫麥克．理察遜，跟另外一個女人安娜—瑪麗．斯崔特走了，她的一生便將圍繞著這種缺乏、這份空而展開。勞兒是個囚犯，因為自己永遠也過不了的生活而瘋狂。

您在這個時候所暗指的「空」，誠如拉岡所言⑰，就是所有生命源由與盡頭的「缺乏」。缺乏秩序，缺乏中心，缺乏一個無可救藥地遭切斷聯繫的「我」，可以找回自己的那個中心。

這倒是真的，我所有的書都是這麼產生的，並確切地圍繞著一個永遠都被召喚，永遠都缺乏的框架在移動。

完完全全就是這樣。一個不說話、不在場的人物（安娜—瑪麗·斯崔特、那個中國人、直布羅陀的水手、《死亡的病症》裡的那個女人），一個不會發生的事件（好比說《廣場》〔*Le Square*〕、《夜船》〔*Le Navire night*〕、《如歌的中板》、《塔吉尼亞的小馬》），故事就可以迸出火花。令人懷想、餘音嫋嫋的故事。

再回頭談談《勞兒之劫》，您和拉岡的關係怎麼樣？

他立刻就跟我提到佛洛伊德。他聲稱，從前藝術家在對物件進行研究與分析的時候，都會先分析。我試著向他解釋，敝人並不知道這位勞兒的基因。

毫無疑問，他很看重我，帶著男人——尤其是知識份子——那種傳統態度對女人下評斷。

至於我嘛，我不會看他的東西。說真的，我看不太出個所以然來。

您們經常碰面嗎？

我記得有一天晚上我們在巴黎市中心的一家咖啡廳碰到。他纏著我問東問西，問了兩個鐘頭，我都不太回他，有時候根本就沒在聽。他說勞兒是臨床精神病患的教學案例——老是想起父母雙親與孩子之間原初場景[12]的悲劇——因為他相信可以從這個名字裡面找到所有關鍵，他認為我很聰明地故意幫那個小瘋女取的名字：勞兒·V.·史坦，也就是說……我解釋一下箇中暗藏的密碼：「紙翅膀」，再加上意味著「剪刀」的這個V（根據喑啞人士的手語），至於這個史坦（Stein）嘛，則代表「石頭」。拉岡統籌這些後，很快就做出結論：划拳的遊戲，也就是「愛的遊戲」[13]。他補充說：您是「誘拐者」；我們讀者則是「被誘拐者」[14]⑱。

12　譯注：Scène primitive，在性知識尚未萌芽的童年早期，初次目睹父母交媾的畫面，小孩往往會誤以為是暴力場景。「原初場景」往往成為日後左右性慾發展與性別取向的關鍵。

13　譯注：划拳的遊戲（le jeu de lamourre），愛的遊戲（le jeu de l'amour）兩者諧音。

14　譯注：此處法文中誘拐者為ravisseuse，被誘拐者為ravis，跟《勞兒之劫》原法文書名《*Le Ravissement de Lol V.Stein*》中的ravissement為相同字源。

您相信心理分析嗎？

我們可以這麼說，佛洛伊德是一個偉大且易懂的作家。至於佛洛伊德學說，則是一門散發著香氣的學科，自己繞著自己在打轉，跟慣例相比，它使用一種錯誤的語言，對外面的世界影響越來越少。總歸一句，我對精神分析興趣缺缺。我不認為我有需要，或許也因為我寫作的關係所以才不需要。可是針對心理疾病，我不認為只需要意識到自己神經過敏，心理疾病就會痊癒，這是不夠的。

自一九四三年到現在⑲，您已經發行了十五本小說，這還沒算電影劇本和戲劇。每次一本書快問世的時候，您會有甚麼感覺？

只要還沒見天日，每本書都會對自己即將誕生、就快出來了感到害怕。彷彿我們身體裡面帶著一個人，這個人說他很累，說他要安靜，他要寂寞，他要慢慢來。一旦出來了，這一切盡皆消失，快如迅雷。

為了變成甚麼呢？

變成屬於每個人的東西，屬於所有將它捧在手中、將它占為己有的人。作家必須把書從書寫的牢籠中釋放出來，讓它有生命，可以運行，可以讓別人做夢。有人告訴我，有一首歌的靈感就是來自於《廣島之戀》。

對，英國「超音波」樂團（Ultravox）唱的⑳。

我很開心，我喜歡大家借用我的作品。

提到《愛》這本書，您換了義大利出版社，不再是您一貫合作的費爾特里內利（Feltrinelli）和埃諾狄（Einaudi）這兩家出版社，而是蒙達多里（Mondadori）。

誰付我更多錢，我都會很開心。

《愛》這本書的書名並不獨特。

寫完這本書的時候，我決定用這個書名，以對抗所有其他也這麼命名的書。《愛》不是個愛情故事，而是有關在激情裡面懸而未決的、莫可名狀的一切。這本書的意義完全就在於此：省略。

關於寫作方面，格雷安·葛林說過真的會有「作家撞牆期」，彷彿這是每個作家遲早都會變成受害者的一種情形。您記得自己經歷過類似的時刻嗎？

我剛剛提過在改編《死亡的病症》時我所度過的危機。總之在一九六八年前，我每天規律寫作，坐在這張桌子前面，就跟別人去辦公室上班一樣。接下來，寫著寫著，突然，危機發生，幾乎整整一年，我的想像力都被卡住。

好不容易《毀滅吧，她說》終於造訪，有如靈光乍現，那時我已經五六天沒寫了。從那時起，就一直都像這樣：得歷經長時間、永無休止的沉靜，書才會出得來。

文本分析

Q

您利用一些對句法沒影響的修辭格來吊讀者胃口，表達能力強的線性敘述反而棄之不用，加上成功的敘事分析，使得您的文本給人一種說不出來的感覺。片斷與片斷之間的空所占據的空間，也就是您所謂的「排印空白」（此外，就跟您某些電影中的黑銀幕一樣，起著調配節奏的作用），還有就是陣陣寂靜，不論在字裡行間或在膠卷上都一樣，緊接著對話的陣陣寂靜，敘述斷斷續續，陣陣寂靜將話語抽離了它的慣用語境，從而創造出一種新的語義學。

A

中斷語言自動化，從而淨化耗損了的時間。

讀者的想像力，他的想望，這種您口中「虛構故事餘音嫋嫋」不再因為敘事結構而受到禁錮或過於飽和，從而得以解放；這不是因為許多細節的誇張累積，而是因為這些細節缺席了，根本就沒有細節。

在一連串的意義中，在一連串的空裡，洞，成形了；唯有缺乏，才能生出某些東西。

就是寂靜沒錯：沉默或僅僅透過暗喻，在對話中、在情事裡皆然，您的作品有好大一部分都充滿了克制。說話，似乎成了唯一可以辨認您筆下人物身分的活動。

他們說話，似乎遁世離群，試圖以代用品來填補生命的不可靠。看看《卡車》裡的那個女人：卡車司機問她，通常她都跟萍水相逢人說些甚麼話的時候，她僅僅回道：「我說話。」似乎在聲明就是我們現在說的這樣東西失去了重要性。《廣場》裡面的那名男子和那個女孩，《廣島之戀》、《死亡的病症》或者《音樂》（*La Musica*）、《夜船》、《如歌的中板》裡面的情侶，對他們而言，他們都只剩下說話，似乎說話對世上所有情侶來說都很必須，好像說話才能確認他們「在場」，彷彿說話是不溝通的最後支撐。然而言語本身便帶著力有未逮之處。到達他者的固有不可能性。您的人物似乎都執著於說話，他們唯一做的事就是自己騙自己。好像在複製神聖和純精神層面儀典的韻律及儀式，它們的對話，就像一首歌的副歌，這些句子本身莊嚴呆板地標識出了它們的抑揚頓挫。經常出現的沉默一再打斷話語：沉默的價值——還有它們的溝通——比說任何話都更有價值。

您還記得《克萊芙王妃》（*La Princesse de Clèves*）[15]吧？在這本書中，真的，王妃和納穆爾公爵的沉默可以說是愛的沉默。他們之間一直都缺乏交談，然而，說話，只是表達慾望的一種欠缺力道又錯誤的手段。不過，沉默的曖昧性放大了並吊住了激情的分分秒秒。穆齊爾也一樣。一本像《沒有特質的人》這樣的書，只可能沒完成。

看看這本書中哥哥和妹妹之間的關係，他們在言談中提及過性，永遠也不會落實的性：似乎只有這樣，開始說出口，才能從事文學。

15 譯注：《克萊芙王妃》，拉法葉夫人（1634-1693）寫於一六七八年的作品，被奉為法蘭西首部出色小說，並開心理小說先河。美麗的克萊芙王妃對丈夫只有敬沒有愛，但礙於恪遵婦道，不敢放膽去愛一見鍾情的納穆爾公爵，最後終以三輪的悲劇收場。

可以說明一下您處理敘事的方式嗎？

一切都始於話語。當下我所使用的語言帶有甚麼意義，根本就不在我的考量範圍之內。即便是真有甚麼意義，意義它自己就會從文本內部展現出來，跟波特萊爾的詩歌一樣。

您曾經說過《情人》是一種「流動的書寫」[21]。

我是指以這種方式在字裡行間中顯示出某些東西，從一個東西到另一個，既不強調，也未解釋：從描述我哥到熱帶叢林，從描述慾望有多深邃到天空有多藍。

記憶、離題、倒敘一直都是整合您作品敘事結構所不可或缺的部分。

我們常覺得生命是依照各個事件所發生的先後順序而隨之高低起伏：事實上，我們忽略了事件的影響範圍。讓我們重拾失去了的感覺的是記憶。然而，所有留存下來，依然可見、可敘述者，通常都很模糊、很表象，僅限於感受表層。留在內心中的殘餘，晦暗、強烈到甚至無從追憶。越強烈的東西，就越難把它們整個兒全放在同一水平上。傳統式地書寫回憶，我沒興趣：這又不是任我們隨意取得數據的檔案。再者，遺忘這個行為，它本身就絕對必須：要是發生在我們身上的事情，我們有百分之八十都沒辦法發泄出來，活著就會令人無法忍受。是遺忘，空，名副其實的記憶——讓我們不至於被回憶、被盲目的苦痛給壓得透不過氣來的記憶——還有就是，幸虧，我們遺忘，我們才活得下去。

貴國女詩人賈克琳・西塞以福樓拜為例，還有他所代表的大部分當代文學傳統，西塞說您的作品就像一系列不間斷的「寫一本甚麼都不寫的書」[22]。您的小說正是建立於甚麼都沒有之上。

書寫，不是在說故事，而是引發圍繞在故事周遭的事物，作家時刻不間斷地圍繞著故事在創造。故事周遭所有的一切，但也可能甚麼都沒有，也可能可以彼此互換，就跟生命中的種種事件一樣。故事和它的非現實性，或者和它的缺乏。

您就是這麼解釋您再三反覆且不合常理地使用條件句的原因嗎？

條件句比其他句型更能表現文學技巧的構成概念，在電影上也一樣。任何事件的發生彷彿都是另外一樣東西的潛在、假設結果。小孩子在玩的時候，非常瞭解那是假的，也知道遊戲不可當真，他們老是會使用條件式的動詞變化。

您小說最後往往都沒有結局——我想到諸如《蘇姍娜．安德萊爾》（*Suzanna Andler*）和《廣場》的例子——取而代之的，則是以一個意味著隨機性質的副詞「或許」來作為全文完的標識。

我總是對突然就「結束了」的故事感到懷疑。

您的「非故事」應該有訴諸浪漫虛構的零度[16]之意才對。然而，您所堅持的唯一一種語言，一種有如史詩般壯闊，還有點被用到不能再用的語言，卻是：愛的語言。

只有我這個前衛的白癡，只有我才會相信，絞盡腦汁探索未知地域可以創新文學。

16 譯注：零度寫作，來源於法國文學理論家羅蘭．巴特於一九五三年發表的一篇文章〈零度寫作〉。現在零度寫作方式多指作者在文章中不摻雜任何個人的想法，完全是機械地陳述。

您對語言的使用似乎比較會取自日常、神經質的說話方式，而非汲取於少見且矯飾的客套用語。

我身上產生一種純化與精鍊語言材料的自動化進程。渴望精簡書寫，渴望擁有一個幾何空間，所有話語在這個幾何空間都站得住腳，赤裸裸的、毫無遮掩。

您最近寫的幾本小說《藍眼睛黑頭髮》和《艾蜜莉．L.》（尤其是在您的電影裡面，多虧了「旁白」的運用），您使用了所謂的「雙重敘事」技巧。敘述者在以第一人稱介入故事中的當下，她也正在場觀看另一個同時進行的故事。如此一來，敘事觀點跟敘事核心相較之下，它就偏離了核心、具有兩重性。

作者傳達給讀者的，永遠也不是直接敘事，不是赤裸裸的報告發生了甚麼事，而是更多的情感，純化過的菁華。當我們在訴說夢境時，不就是像這樣嗎？

注視，兩人間不斷的眼神交會，彼此的眼神消失在對方的注視中，依舊是揭開人物和故事現實性最有效的認知工具。注視彼此重疊，一個疊上一個。每個人物在觀看別人，也輪到他自己被某個人觀看、被某個人觀察。所有這一切雖然發生，但整體卻未被放到至高無上和無所不知的注視之下——就目前這個例子而言就是敘事者的注視——敘事者的注視會概括一切，將一切都賦予意義。《勞兒之劫》的情節非常具有代表性：如假包換的偷窺狂故事。女主角顯示出她對別的事情的進展尤感興趣。由於故事一開始，勞兒就目睹了她未婚夫麥克．理察遜和安娜—瑪麗．斯崔特的邂逅；由於接下來，她深陷不自覺的慾望中，希望情侶間的愛戲無止盡地延續下去，似乎注定她永遠都得扮演觀眾的角色，於是她又旁觀了雅克．霍德和塔蒂雅娜．卡爾兩人的邂逅。偷窺——例子不勝枚舉，從《愛》裡面某些三角戀，到《毀滅吧，她說》、《如歌的中板》、《艾蜜莉．L.》——您作品中經常會出現的一種愛的主題。第三者持續在場觀看一對情侶間的激情到來，似乎您刻意想幫這種假設背書。[17]

我一直都覺得愛是由三者所構成：慾望從一方流轉至另一方，這時候，得有一隻注

17 譯注：這一段中的「注視」、「眼神」、「觀看」，在法文中都是同一個字：regard。

視著的眼睛。心理分析上也提到「強制重複原初場景」。我嘛，我會說書寫就像一個故事的第三元素。何況，我們永遠也不會完全符合我們的所作所為，永遠也不會完全在我們自以為在的地方。在我們和我們的行動之間，其間有差距，而一切則是在此之外發生的。這些人物在觀看，他們心知肚明，該輪到他們被觀看了。同一時間，他們既遭排除又被包含在「原初場景」之中，而「原初場景」則在他們眼前，再度上演了一次。

您的電影和小說並未遵守時間維度中的線性或連續性用法。如同時間單一性會自行解體——透過倒敘，透過對稍後才會敘述到事物的期待，時間週期性地返回自己身上——同樣地，動作單一性和地點單一性也自行毀壞。

您所遵循的準則是同時性：不是單一的時間，而是單一一次中所發生的三個行動，它們遭到拆卸又被重新裝配到平行而且已經裝好了的設置上。

每個事件的發生，都跟碰上在別處所發生的某個事件有關聯。於是故事的時間就會跟某些特定人物內心時間的當下重建同時發生，而行動的通量，則會隨著不同時空坐標而得到解放。

我們生活中所發生的事件向來都不是唯一，而且它們不會以我們所希望的單一意義方式一個接一個的發生。多重的、不可縮減的，種種事件無窮盡地反射轉嫁到意識中，從我們的過去到未來，它們來來去去，宛若回音、好似水中漩渦般散播開來，而且每次都還同時彼此更迭互換。

文學

Q 依您之見，一個人為甚麼會開始寫作呢？

A 我想到我最近一部小說，《艾蜜莉．L.》。艾蜜莉閱讀，她還寫詩：說真的，全都是因為她父親建議她多接觸文學，多讀艾蜜莉．狄金生的詩句，所以說，書，遠遠地予人啟發。我真的不知道甚麼原因促使一個人開始寫作，或許是因為童年的寂寞吧。對我而言，就跟艾蜜莉一樣，要不就是因為父親，要不就是因為一本書，或是某個老師，或是某個迷失在交趾支那水稻田裡的女人。您知道嗎？我不覺得曾經有人問過我這個問題：一個人不寫的時候，都做些甚麼？我會偷偷仰慕這個人，因為我就是不知道他怎麼能夠不寫。

寫作和真實之間有甚麼關係？

所有的作家，不管願不願意，都會談到自己；把自己當成生命中最重要的大事。即便是我說這句話的同時也一樣，很明顯的，當我們敘述到一些我們覺得奇特的事物，此時涉及的就是我們的「我」、我們的頑念。夢也一樣——佛洛伊德說——夢只是顯露出一個人的自我罷了。

作家有兩個生命：一個位於自我表層，這個生命讓作家說話，行動，日復一日。另一個，真正的那個，對他如影隨形，片刻不得安寧。

自傳體元素對您有多重要？

我們邂逅、我們愛的、我們窺伺的人，其實始終都是別人，寫故事的是作家，故事的導火線則握在別人手中。某些作家——就連某些偉大的作家也一樣——以為作家獨存於世，這麼想很蠢。

在馬狄厄．卡雷和瑪格麗特．尤瑟納的訪談錄《睜開雙眼》㉓中，尤瑟納聲稱：「我寫作的時候就是在執行任務，有點像是我將我自己口述的東西聽打下來；將我自己的思想、我自己口授的文字安排得井井有條，正在做一件既困難又累人的差事。」

片斷一個接一個，一點一點，我不會試圖去在不同時期之間找到立即對應；我任憑關聯在我不知情的狀況下自行產生。

因此寫作才被視為是被動構思，它顯現出某樣我們已知的東西。

這就涉及了在我所謂的「激情的地方」，將已經以原初狀態存在於我們身上的東西予以解碼，這些東西是其他人所不可能破解的。

可以說明一下您寫作過程本身有甚麼特點嗎？

是場疾風，無可救藥，每個禮拜都或多或少會吹上這麼一陣，爾後消失好幾個月。彷彿是一道古老的強制命令，即便都還不知道要寫些甚麼，就有這股端坐在這兒寫的需要：寫作本身就見證著這種無知，見證著這種對陰暗處的探索，整體經歷全都堆積於此。

在好長的一段時間裡面，我都以為寫作是一份工作。現在我確信寫作是一種內心事件，是我們在淨空自己的同時，把那些我們覺得「理所當然」的東西篩選掉的同時，首先就會達成的一份「非工作」。我指得不是散文的簡約、形式或構造，而是必須被言語辨認、分級、勾畫的好幾股阻力的等音關係。誠如樂譜。要是作家未將這點列入考慮，就會寫出「自由」的書。可是寫作跟這種自由毫不相干。

所以說這就是您決定寫作的原因？

而令人痛苦的正是得刺穿我們內心的陰影，直到將其原始力量散播到整個扉頁上，將天生就是「內在」的東西轉換成「外在」為止。就是為了這個原因，我才會說只有瘋了才會毫無保留地寫。瘋子的記憶是「百孔千瘡」的記憶，而且整個完全被投寄於外。

寫作是為了驅除自己的奇思異想？您本身也支持寫作的療癒功效。

我小時候老怕會染上痲瘋病。一直等到後來，等到我在某處寫過痲瘋病後，我才開始不怕痲瘋病，不知道這樣是否向您說明了我對寫作療癒功效的看法。

我寫，因為我要讓自己變得庸俗，我要把我自己給宰了，其次就是為了奪走我的重要性，卸去我的重量：我要文本取代我的位置，如此一來，我才會比較不存在。唯有兩種狀況，我才能將我從我自己中解放出來：自殺一途和寫作一途。

尤瑟納聲稱「要是作家能夠增加讀者的洞察力，讓讀者擺脫膽怯或偏見，讓讀者看到和感受到沒有作家，他就看不到也感受不到的東西，這樣的作家才有用[24]」。

是的，真正的作家是很必要的。作家提供形式，其他人莫可名狀卻可以感受得到的一種形式，所以專制政權才會把作家驅逐出境。

依您之見，文學的職責何在？

在於表現禁忌。說出一般人通常不會說的話。文學就得引人非議：如今，所有精神活動都得跟風險、跟冒險有關。詩人本身就帶有這種風險，他們跟我們相反，詩人不會抗拒生命。

看看韓波、魏爾蘭……可是魏爾蘭還排在後頭。最偉大的詩人依舊是波特萊爾：只消二十首詩，他便臻於永恆。

在某次訪談中，您暗指有某些確切的特徵可以分辨男性書寫和女性書寫。

自古以來，女性與寂靜之間就有著親密且自然的關連，也就是說跟女性與理解自我和傾聽自我相連，這點導致了女性書寫的可靠性。可靠性卻造成了男性書寫的缺點，因為男性書寫結構過分訴諸於意識形態和理論上的知識。

簡而言之，男性會比較與知識相連，依您言下之意，可以理解為文化包袱嗎？

所以說也就是與權力、權威相連，這些本身跟**真正**書寫的關係甚淺。看看羅蘭．巴特有關愛的書寫就知道了。一個個引人入勝、戒慎恐懼、機智靈巧、文藝氣息的片斷，可是卻很冷。出自於一個只有透過閱讀來認識愛，或者僅止於遠觀，而並未切身體驗過愛的狂暴、衝動、痛苦的作家之手。羅蘭．巴特的一切無不受到極端控制。至於普魯斯特呢？還不是多虧了他的同性戀，他才能邊把自己投射到激情的蜿蜒曲折中，同時還邊成就了文學。

您不認為您有點誇大嗎？

我所謂的男性書寫是指那種因為思想而變得過於沉重的書寫。普魯斯特、斯湯達爾、梅爾維爾、盧梭則無性別可言。

提到您和格諾的關係，您說過您們曾經鬧得不太愉快，因為他對您《廣場》的評論，他指責這部小說浪漫過了頭，可是您想在書中留下烙印的卻是極其物質的。

這一次，真的，他沒搞懂。不比那些看過《廣場》這本書，卻以為它是個愛情故事的人懂得多到哪去……

除此之外，您還記得格諾些甚麼？您和他見過好幾次面，他給您留下甚麼印象？

我挺喜歡他的。我覺得《地下鐵裡的莎琪》（*Zazie dans le métro*）是一本非常棒的書。不過誰知道呢？我在想，格諾，要是他不怕他自己、不怕他思想的晦暗深處，他會怎麼結束呢。

您是指您還常跟他見面的那個時期的寫作嗎？

他幫伽利瑪審稿，他有他自己的一套。他聲稱只要看上個幾頁便有底了，不見得是為了瞭解某本書寫得好或不好，而是為了瞭解作者是不是個以自我為中心的愛好者，跟小女生寫日記似的，在字裡行間傾吐心事，或者正相反，是個貨真價實的——即便不是個好的——作家。他對我說，唯有意識到不是只有他自己一個人在面對文本的才是個作家。

您和其他新小說作者的關係怎麼樣？娜塔莉・薩侯特、阿蘭・霍格里耶、克勞德・奧里耶、克勞德・西蒙？

他們對我來說都太知性了。堅持某個文學理論，再將所有想像力都往這個方向引導。我則不然，我從來都沒有過這種要教育讀者的想法……

薩侯特是我非常要好的朋友。當然，我一直都覺得她的短評比她的小說好，她寫杜斯妥也夫斯基㉕便是一例，她的小說都太傷腦筋了。幾年前，她也開始以自傳體書寫。可是有誰看過《童年》（*Enfance*）呢？有人說這本書賣得很差㉖。霍格里耶現在出到他大堆頭世家傳奇的第三卷㉗。可是，您倒是說啊，義大利還有人在談論他的書嗎？我同意，他是一個非常聰明、熱情的人……我記得有一次，他做出一件有點讓人摸不著頭腦的事，不過絕對沒有惡意，他指責我不停重複㉘。諸如我老是寫某些主題，一本又一本，這當然是指我缺乏想像力的意思，還說我的新作品只不過把舊作品予以放大、修改。

有人說一九五〇年左右，《抵擋太平洋的堤壩》或《安妮的戀情》等小說的年代，您和「目視派」（École du Regard）[18]在某些風格和主題上有點類似。

我不喜歡這種問題。我只想說：我總是，也一直會以別的作家為師；海明威的對話，拉法葉夫人和班傑明．貢斯當對愛的分析，接下來還有福克納、穆齊爾、盧梭。

您覺得某些法國當代作家，如菲力浦．索萊爾、米榭．圖尼埃、米榭．雷希斯、米榭．布托爾怎麼樣？

誰會看他們的書？我懷疑會很無趣。像布托爾這種人：《更改》（*La Modification*）之後，我認為他就乏善可陳了。索萊爾㉙則過於侷限：像他這樣的人，無所不用其極地

18 譯注：École du Regard，指以霍格里耶、米榭．布托爾、克勞德．西蒙為首，愛好視覺描繪的文學派別。

想把廣大群眾拉到自己那邊，透過一些其實再也震驚不了任何人的主題來醜化布爾喬亞，好讓大家談論他；他八成沒多大自信。

還有就是，聽好，我認為這些人再也容不下我。他們羨慕，因為每次報上出現我的訪談或者我上電視，都會引起大多數評論家磨刀霍霍，準備好要攻擊我，好比說去年，高達和我㉚一起上電視談電影和書的時候。

反正啊，他們隨便哪一個也永遠都寫不出一本像《勞兒之劫》這樣的書。

您知道「新哲學家」[19]那些人嗎？

並不是他們討人厭。正相反。可是我覺得他們好像只是一些有點土裡土氣的年輕人，沾染上了巴黎習氣和左派的附庸風雅，關於他們，沒甚麼其他大不了的事情好說，尤其是對像我這樣的人而言，一個親身經歷過那麼多年另一種全然不同文化深度的人。

19　譯注：Nouveaux Philosophes，一九七〇年代中期，法國盛行的一種哲學流派。多半以左派激進份子為代表，抨擊獨裁主義不遺餘力。

有人說，直到瑪格麗特·尤瑟納過世，您們倆都分庭抗禮，您和她，共享法國文壇女性盟主的地位。

尤瑟納是法蘭西學院的成員。我不是。其他還有甚麼呢？《哈德良回憶錄》（*Les Mémoires d'Hadrien*）是一本偉大的書，其餘的，從《北方檔案》（*Les Archives du Nord*）開始，我就覺得不堪卒讀。我看了一半就看不下去。

有時候，在路上，還有人把我錯認是她。您就是那位比利時小說家嗎？對對，我都這麼回答，然後就溜了。

您覺得對當代問題表態的文學怎麼樣？好比說阿爾貝·卡繆的作品？

我已經跟您說過了，當代作家令我厭煩。大多數情況皆然。我猜他以同樣的方式建構他的書，根據同樣的噱頭，抱著同樣的說教目的。竟然會有人拿文學來充當支撐論點的手段，光是這種想法就讓我感到不舒服。

回頭談談您與沙特的關係。

法國在文化和政治上的落後如此令人遺憾，沙特，就是始作俑者。他自視為馬克思傳人，唯一真正詮釋馬克思思想的人：存在主義的歧義便是由此而生。此外，要是我們想到康拉德，我們甚至不能說沙特是一個真正的作家：他現在只不過是號遭到孤立的人物，被迫不得不在某種流放狀態下，自個兒縮成一團。戰前，知識份子就得登記入共產黨，我自己也這麼做過，可是，沙特他不像黨員該做的那樣積極戰鬥，反倒抨擊起所謂的「知識份子的錯誤」：首當其衝的就是他自己的錯誤[31]。

一九五〇年代，經常上您家門的常客中，還有喬治・巴代伊。

我們是非常要好的朋友，但我不會因此就對他改觀——或者至少該說懷疑——巴代伊本身帶有某些十分天主教義的東西。他所有作品中都瀰漫著某種模稜兩可：彷彿他曾經因為非常古老的罪惡感而飽受折磨，這種罪惡感同時也激發他，讓他神魂顛倒。他的色情作品就是證明，然而這些作品卻把內心的罪惡感當成外在的逾越，比較涉及在紙上乾爽，而非在身體裡面活色生香、經過實證的快感。

至於他對語言的運用方面，巴代伊的偉大之處就在於他書寫的時候，堅持要採用自己那種「不書寫」的方式。《天藍》（*Le Bleu du ciel*）[20]缺乏風格，那是因為他不惜一切，故意淨空文學本身所有的記憶。就某方面來說，就是先將字詞從它所有其他的言外之意中精鍊出來，然後再將字詞的初始價值歸還給它。同樣的，《天藍》一書中的人物，他們從布爾喬亞個人主義的糟粕中解放了出來，走向毀滅，走向「我」的腐化分解。

曾經有一段很長的時間，您都跟許多義大利作家和知識份子過從甚密，如埃里奧．維多里尼、伊塔羅．卡爾維諾、塞薩爾．帕韋澤等三位作家和出版家吉烏里歐．伊諾第[32]。您對義大利相當熟悉，五〇和六〇年代，您大部分的假期都是在義大利度過。您對義大利當代文學有甚麼看法？

我從六〇年代中期就不看義大利當代文學的書了。當然，義大利出過維塔利諾．布

20 譯注：為巴代伊寫於一九三五年的紀實性小說，但要等到二十二年後，也就是一九五七年才發行。

蘭卡帝、伊塔羅．斯韋沃、卡洛．埃米利奧．加達。維多里尼，他想當個如假包換的偉大作家，就該離開義大利。去掉自己的土氣，您懂嗎？

我們知道您對艾爾莎．莫蘭黛有偏好。

這倒是真的。《歷史》（*La Storia*），是個女人的故事，她帶著她的狗和孩子，獨自走在羅馬慘遭砲彈蹂躪得百孔千瘡的路上，這是個我再怎麼樣也揮之不去的畫面。我認為我就是因為這樣，所以才喜歡莫蘭黛，正當我希望會會她，談談她的小說，她就死了，我還來不及讓她知道我想跟她見個面㉝。

評論

Q 從甚麼時候起，才有人開始談到您的書？

A 一九五八年，《如歌的中板》。各種針對這本書的評論都有，從那時起，就一直都有人評論。某些評論家把我的書歸入新小說範疇，他們稱其為「一個不是故事的故事」。

接著，好幾年間您都乏人問津，大多數評論家和為數甚多的讀者對您的作品都保持沉默、興趣缺缺。突然間，一九八四年，爆發「莒哈絲案例」：《情人》一書，光在法國就大賣一百五十萬本，還被翻譯成二十六種語言。您如何解釋這種突如其來、一百八十度的大轉變？

每次發表一本書，評論家都會讓作者自以為有錯，使得作者有證明自己作品、證明自己為何會存在的需要。我在法國這邊所發生的情況，也總是如此。不過，現在已經夠了。改變的並不是我，此外也不是我的書寫；改變了的是讀者。現在大家也閱讀些困難、生硬的文本。即使他們不懂，即使他們只抓得住**已說的**，只抓得住文本中清楚表達出來的東西，他們還是會繼續看下去，他們總會超越晦澀通道的。現代文學靠一次次的突變而取得進展，從光明到晦暗。科學上的進步也是如此。即使我們不知道會往哪兒進展，也不知道會進展到何處，我們依然向前。

您七十歲時因《情人》榮獲法國文學最高殊榮，龔古爾獎。

他們頒給我這個獎——僅僅是因為沒有不頒給我的正當理由——是個策略性的行為：頒給我龔古爾獎開啟了大家評價這個獎的新方式，傳統上，龔古爾獎都是頒給年輕作家以鼓勵他們從事文學創作。

即使在龔古爾獎的小圈子中，還是可以感覺得出受到「密特朗時代」影響，人人都想躋身龔古爾行列……

我有將近十年的時間都靠德國版稅過活。然後又變成靠從英格蘭來的版稅過日子。我在法國是個地下作家，有一種諸如管制之類的東西架在我身上。

儘管如此，就是這種讓我感到自己是文學上「百無禁忌的可怕小孩」的方式，才讓我與從事寫作的其他女性（從柯蕾特[21]開始算起，真正寫作的女性）的關係更為親密。評論總是會審查掉來自於女性某些領域的一切：愛、懺悔、自傳等主題。多年來，女性的逾越僅被表現在、並侷限於詩歌之中，我想把它轉移到小說上，而我的許多作為，我認為都是革命性的。

您對文學獎有甚麼看法？

我理想中的文學獎要能夠終結無所不能的評論，在法國，這些評論屈服於權力機構的規則，甚至比作品本身的文學價值還更重要。書，成了以得獎為目的。評審團首先就

21　譯注：柯蕾特（1873-1945），作家、舞蹈家、演員，以特立獨行著稱。她出過七十三本書，代表作有《克羅汀娜四部曲》等。

得具備判斷能力，創新理念才占得了優勢：這就是為甚麼梅迪西文學獎評委會邀請我參加，卻遭我拒絕的原因。即便他們將這個獎頒給了克勞德·奧里耶，也不足以讓我回心轉意。

您剛剛提到的管制讓您覺得綁手綁腳嗎？

不會。我的文學作品本身就有強度。要是非說我有甚麼疑慮的話，那麼都跟書寫本身有關，而無關乎我所寫的書的主題：甚至毋需將某些東西強加於人，它們就會在大家的腦袋中生成，這樣對我來說就夠了。

現在有的讀者特別懷念您初期寫的那些書。

一大堆老讀者指責我「不像從前一樣那麼簡單」。我不能說他們有錯：《情人》、《死亡的病症》、《艾蜜莉·L.》，這幾本書的鋪陳方式簡練省略、寂靜，還帶有言下之意，是很難的書。在文本和讀者之間，存有一種幾乎等同於愛的默契是很必要的，這份默契可以超越對句子本身的單純理解。

您會想指定一種「閱讀莒哈絲」的操作模式嗎？

跟讀者的閱讀習慣相比之下，閱讀我的書是一種跳躍式的結合，溫度的跳躍，一種非持續性閱讀。跟巴爾札克式傳統小說的線性相反，我寫的是開放的、未完成的書，歸根究柢，我的書針對一個正在形成的世界，一個一直在變動著的世界。

您不覺得可能會有教育大家的方法，引導大家朝向某些特定的閱讀形式嗎？

最好的辦法就是讓某些程序自行形成。

您覺得近幾年來您和您的讀者之間有誤會嗎？

如果真有這種情況，那麼就是些跟道德有關的誤會，而與文學這件事無關。舉《情人》為例，我覺得那個白人小女孩過的生活不同凡響，一大堆母親卻覺得她離經叛道。

您在最近幾本書最前面的幾頁中，要不就是書腰上的預防措施——諸如針對文本的自衛之類的——由此看來，您畢竟還是需要非常注意公眾的反應。

我的書不受歡迎，這個想法一直糾纏著我。當我知道並非如此後，我的心就定了下來，再也不去想這些問題，可是我對抨擊卻難以釋懷。一九六四年，某報批評《勞兒之劫》，然後，這下可好了，過了好幾年，同樣的一份報——我就不說是哪份了——卻要我跟他們合作，我就是沒辦法不想到這點。

在《毀滅吧，她說》一書中，在《娜塔麗．格朗熱》（*Nathalie Granger*）也一樣，有些人物讓我們覺得——甚至不無刻意地誘導我們這麼想——可以把書給撕了、扔了。

當時我覺得有必要銷毀知識，從箇中解放，方能重新創建知識。我認為唯有在大量閱讀之後，才該撕毀書籍。此外，毀書後，應立即把它們累積起來。

那麼您呢？您都是怎麼閱讀的？

我都是在夜裡看書，看到凌晨三、四點：昏暗，身邊漆黑一片，黑暗使得讀者和書之間的絕對激情更為強烈。您不覺得嗎？就某方面來說，陽光消散了強度。

您都看些甚麼書呢？

我又把《克萊芙王妃》拿出來看，我從前都看得太快了。這是一本非常美的書，一本我想寫的書。書中超乎尋常的現代性正是以這種陣發性的觀看遊戲為基礎，交錯卻從未對上眼的視線，交談卻從未真正說出口的話語，以及沒完沒了的陣陣寂靜，事實上，凡此種種都深深隱藏著一個難以表達的真相，就跟在所有情事裡面的情況都一樣。還有就是，當然，有好幾本一直陪伴我的書：《白鯨記》（*Moby Dick*）、《沒有特質的人》、《聖經》。我現在正在重看盧梭的《懺悔錄》和朱爾・雷納的《日記》（*Journal*）：偉大作家的記事，概述了整個人生和整個時代，提供讀者不受敘事結構束縛、非常棒而且無組織的閱讀。

至於論文，這原本是法蘭西文學的祖傳資產，即使像雅克・勒・高夫[22]或者喬治・杜比[23]這麼偉大的人物，我都覺得他們反覆思索諸如「無知、疑慮」等本身再也沒啥創意可言的概念。他們再也引導不了讀者到任何地方。

22 譯注：雅克・勒・高夫（1924-），法國歷史學家，專長為中世紀史，尤精十二至十三世紀。勒・高夫是年鑑學派第三代代表人物之一。

23 譯注：喬治・杜比（1919-1996），法國中世紀史研究領域的大家。

人物群像

Q 依瑪格麗特．尤瑟納之見，深入一個人內心最透徹的方式就是「努力去聽，讓自己達到絕對的沉默，以便聆聽〔此人〕在某某狀況下所會說的話。〔……〕永遠也不要把自己的聲音加諸於其上，或者不知不覺，就跟拿自己的血肉來哺育他人那般，以自己的本質來哺育他人，這跟以我們自己小小的個性、以這些造成我們之所以是我們的小小抽搐來哺育他人完全是兩碼事㉞。」那麼您呢？您是以甚麼技巧來架構這些反覆出現在您小說和電影世界中的人物？

A 影像自己慢慢形成，彷彿褪了色的照片，透過倖存下來的細節，透過觀看和想像力予以重現。影像永遠都不是個完整的形狀，至多是某些支離破碎的細節，甚至只是顯示出某個人物個性的簡單手勢，宛如在立體派畫作中那般，我還是能看出他的臉部表情。

您筆下的人物逃脫傳統類型，規避掉客觀描述。他們是一些與任何真實性、偶然性或定義都搭不上邊的人。謎樣的人物，喪失了通常都被視為是小說常規機制的致命必須性，懸浮於瘋狂與常態、尖叫和沉默之間，以一種突兀的方式乍現於舞台。一個儀式，某種儀典式的東西侵入他們所有的行為，他們喋喋不休的話語。畢竟還是沒能將人物本身特徵的心理框架做出定義。

傳統小說中的主角，巴爾札克式的，具有自己身分，順暢、不受外界影響，敘述者預先就建立好了他們的身分。殊不知人類只是彼此不相連的脈衝所形成的單純光束，而，這就是文學需要重建的。

您對主角性格的著墨較為取決於解體而非逐步建構。

我筆下的人物正值結構和解構的階段，我抓住了處於這個未完成階段的他們。我感興趣的是研究裂痕，研究在詞語與動作之間形成窟窿的不可能填補的空，研究在已說和未說之間的殘餘。

您透過對話來顯示人物特徵，更甚於其他表現方式。在深刻天性本質、意識通量之前，您首重展現的是某個人的形象，讀者唯有透過話語、透過無關緊要的動作來評價此人。您並未緊迫盯人地揭露驅動人物的私密性，甚至連剖析都沒。

如此一來，跟讀者通常都會沉溺於膚淺的心理層面相反，讀者才永遠也不能自比為書中某號人物。不過我筆下人物所說的話——或許所有人說的話都一樣——卻揭露了他們的本質。所有他們試圖說的、想的，僅僅是讓自己聲音變得聽不見的一種嘗試。

若說，您筆下的男性人物往往代表著脆弱、猶豫不決這種個性的種種面相——我想到駐拉合爾的副領事，想到Jo先生，想到雅克．霍德，想到修凡，想到麥克．理察遜[35]，想到《廣場》裡的那個代表——您則將力量、體驗所有情感的基本需求託付給女性角色。

對，女人是貨真價實的交心對象，她們全然開放，完全接受外界、生命、激情那股充分洋溢的力量。我認為，女人比較會被設計成反映未來、新生生命的各種形式，就跟《死亡的病症》、《藍眼睛黑頭髮》、《艾蜜莉．L.》裡面沉默的女主人翁一樣。男人則較為食古不化，不知道走出過去，沉溺於慾望而無法自拔，因他想要、但無法取得的慾望而失望。我電影和書中的所有女主角，相反的，卻像安朵瑪格、菲爾德和貝蕾妮絲這幾個姊妹一樣，都是一些被愛給完全淹沒了的殉道者，直到臻於聖境。

您書中滿滿都是些好像從一個模子刻出來的男女，這種原型滲透您書中的程度各有不同。安娜—瑪麗．斯崔特和勞兒．V．史坦象徵著女性基因，拉合爾的副領事則是男性人物的代表。

勞兒是一個被永無休止的慾望給擊垮了的女人，被她經驗和記憶的整體重量壓得一蹶不振。歷經沙塔拉舞會上的小插曲之後，勞兒過著好似被某個怪東西所包覆著的生活，這個東西則跟她的身體或動物性直覺相連。壓抑住這份苦痛，對她來說就是獲得某種新的童貞，乃至於她每天都得再從頭重溫一遍第一次看到時的記憶。至於安娜—瑪麗．斯崔特，我真的認為我是為了她才開始寫的：某天，這個女人幾乎致命的慵懶模樣深深吸引了我，彷彿我的作品只在於再三重寫我所承受的這份蠱惑。我還記得第一次我看著她——法國駐西貢大使夫人——到來的時候。她從黑色的大房車下來，低胸禮服裹著她潔白苗條的胴體，梳著法式髮型，她往路那邊走去，邁著輕盈的步伐，慢慢地。我再也無法不繼續窺伺她。太陽一落下，熱氣消散，我看著她從她家走了出來，帶著一種我無法接近的美。

消息傳來，一名男子，她的小情人，因為愛她，在寮國的勃拉邦撾自殺身亡，令我心慌意亂。從那時起，這個女人就成了我的祕密，她既是母親又是通姦淫婦，身兼女性和母性的原型，我那太過瘋狂的母親向來都不曾如此。

相反地，在《副領事》中——此外我好幾本書中的許多其他男人也一樣，從那個中國人到《死亡的病症》裡面的那個男人皆是——他們痛苦，脆弱得無以復加，沒有活下去的能力，他們的痛苦正是建立在他們自己和社會都完全不能接受他們之上。至少這是從我那少女時期的雙眼中所看到的感受。安娜—瑪麗．斯崔特和他之間的那份不可能的愛，從此刻起，就代表著絕對的愛的故事和整體印度殖民的故事。

莒哈絲世界，靜止且令人窒息。幽閉的地方，就連讀者也感受到沒有出路。我們只需要想想《塔吉尼亞的小馬》裡面的通道，受限於山、受限於海，想到《抵擋太平洋的堤壩》和《毀滅吧，她說》裡面的叢林，想到您許多小說中空無一物的房間，情人們在這裡相互欲求。

我所談到的人類，忍受不了我們的世界，無法光靠遁世這個極端舉動便能超越讓人類變得麻木的神經焦慮，好比說《毀滅吧，她說》裡面的阿麗莎，或者像所有其他的人。我書中的人物所賴以遁世的這些地方，就反映出這種焦慮，人類的焦慮。

不受外界任何影響，外界的一切離這些人物的意識深淵、離他們的沉默和他們談話的隨機特性極其遙遠，外界的一切似乎都與他們無關。

除了少數幾個異國情調面相（您最初幾本小說裡面的印度支那），或者模模糊糊的歷史背景（貫穿《抵擋太平洋的堤壩》裡的殖民問題，作為《廣島之戀》背景的戰爭，或者在《毀滅吧，她說》裡面學生對社會的不滿），對於外在世界，您只會隱約暗示。

我對外界的興趣僅在於它對我筆下人物的覺醒有何作用。在「我」那令人窒息的小宇宙裡面，一切自己就會發生，無可救藥。

電影

Q 您常去看電影嗎？

A 現在不常了。我現在都跟洋等電影出了錄影帶後，再一起從錄影機看，不過，好像沒甚麼電影能夠吸引我注意，沒甚麼電影能夠引起生活發生重大變革。我們看到很多不錯的導演、優秀的技術人員，但他們卻沒辦法發明新的電影語言，哪怕是犯錯也無妨。

要是如您所言，「大家去看電影，為的就是感覺比較不孤獨，還為了聽故事」，一般人對電影、對電視的依賴，您有甚麼看法？

電視是必要的：每天都該看，就跟我一樣，專心注意地看，邊心知肚明都是些言不及義的廢話，事實遭到曲解。看看新聞、綜藝節目、運動競賽，就等於待在人群之中，免得在某些地方跟不上時代，不看電視的話，就永遠也不會知道。當然，也有被動的觀眾，看電視是為了省去閱讀或交談的努力。

我們在巴黎跟朋友約見面，一般都至少會約在隔週，其他的時候，唯一聯繫的方式就只剩下在夜裡打電話了。

您家裡的電視經常都是開著的。您和洋，您們會看體育賽事，對不對？

一九八五年五月中，比利時埃瑟爾發生血腥暴動[36]，我坐在電視機前面，從直播畫面上全都看到了。面對這陣突來驟起的影像旋風，我覺得自己快瘋了。我在那裡，但卻束手無策。我開始尖叫。

兩年前，在法國，大家談了不少您和球星米榭．普拉蒂尼的會面[37]，以及您在《解放報》體育版上發表的相關文章（一九八七年十二月十四日和十五日）[38]。

我從好幾年前就持續關注普拉蒂尼的所有比賽。我喜歡他，很佩服他。足球，我認為，就是有這股力量：在球員身上爆發——或許也在觀眾身上——這種強烈的人性的感覺，男人身上這種有點幼稚的事實令我感動，至今依然。

現在回到您的電影上。一九六六年的《音樂》，是您的第一部電影[39]。您還記得初執導演筒的情形嗎？

我一開始執導，立即就想要定義出**莒哈絲電影**的特徵：一種語言，我的語言，無所畏懼；而且不能有我任何一位明師的影子。

您相信會有新電影的可能嗎？

他種電影，這點，我信。他種電影可以說是一種部分還有待探索的手段。

您試圖將書面回憶詮釋在電影膠片上的最大顧慮是甚麼？

我想表現出寂靜。活生生、豐富的寂靜。彷彿寂靜是某個我們應該聽得到的東西。

幾年前，您寫過有關您自己電影的一段話：「我拍電影是為了打發時間。要是我有力量無所事事，我就會無所事事。正因為我沒有讓自己閒著沒事幹的力量，所以我才拍電影。沒有其他原因。這就是我之所以會拍電影最千真萬確的一點[40]。」您現在依然確信這段話無誤嗎？

對。

您幾乎有二十部電影[41]和等量的小說。您的寫作和拍片工作有甚麼差異嗎？

拍片的「外在」本質——集體工作，跟其他人一**起生活**的方式——電影並不像寫作一樣會有緊迫性、會為之癡迷。我們可以說，電影拉遠了作者與其作品的距離，然而以寂靜、缺席為經緯的寫作，則無可救藥地將作者投入他自己的內心世界。沒有人會像作家那麼孤獨的了。

我拍電影，經常都是為了逃避寫作這種可怕的工作，永無休止，悲慘不幸。不過，我一直都會想寫，比做任何事都還更想。

我們可以把您的書當成「無盡文本」來閱讀嗎？也就是說，它自己就會增生，而且靠著您的回憶，它也會增生，乃至於超出了它自己的語境：也就是說，從字裡行間到電影膠片。

彷彿我寫的文字本身就藏有它自己的影像。想要拍攝這個影像，就得繼續、放大這番言辭。持續書寫，寫在影像上。問題不在於出賣文本的光環，我倒寧可說在於將文本發揚光大，將存在於書寫中的血肉全部發掘出來。

您的電影有甚麼特色？

傳統電影的真實再現永遠與我無關。一切都說得太多，太白了：含義過量，弔詭的是，背景卻貧乏。我的電影並不掩飾、不壓抑它在虛構故事的表達統一性上行不通、無法將其活化的這一點。我的電影是由最大程度的撕裂、重疊、材料、落差、溶解的持續變異所製成：所有這些想像出來的事物都被視為是在重建生命中原本就帶有的異質性和不可還原性。

《沒有特質的人》裡面有一個段落，言簡意賅地說出了我現在跟您說的這番話的意思：「〔……〕他靈光一閃，想到當我們負荷過重，當我們渴望單純的時候，我們所憧憬的生命律法，其實它甚麼都不是，它就是傳統敘述的律法！基於這種簡單的秩序，我們可以說：『某件事情發生了，某件事就已經產生了！』這是純粹和簡單的接續，在一元的線性形式下再現生命中令人透不過氣來的多樣性，某位數學家說過下面這番話，消除了我們的疑慮：將空間和時間中所發生的一切都沿著一條線排成一列，正是因為這眾所皆知的『敘事線性』，我們才會把它跟生命的線性混淆。〔……〕可以說出『當……時候』、『之前』和『之後』的那個人很幸運。尤勒里希現在才發現他早已失去了這種原始敘述的意識，儘管現在一切都已經逃離這種敘述，遠非呈線性前進，而是

在極其靈巧地拼織出來的表面上安頓了下來，可是在群體生活中的我們的私生活卻仍然依附著這種原始敘述〔……〕」㊷

有人指責您的電影太過文學性。每一組鏡頭都慢吞吞、猶豫不決，您的電影對這些過於讓步。

我想在膠片上重現的**內心時間**，跟一般大家所理解的電影裡的「敘事」時間，一點關係都沒。

一鏡到底、全景、淡入淡出到全黑、個別場景都保持不動，由於這些運用您都以固定鏡位俯拍，所以有人說您的電影是「非電影」或「反電影」。

場景不動，其實僅是表象。誠如海平面下暗潮洶湧的漩渦，寂靜背後暗藏著的竊竊私語聲。有人說電影就是動[24]，這點我同意，但某些交談，某些注視，某些寂靜，其實不見得比在現場打鬥或行走中的兩個男人就動得少。

24 譯注：電影，cinéma的字源來自於希臘文中的kinema。而kinema在希臘文中就是「動」的意思。

您認為甚麼才是「真正的」電影？

我認為電影的本質取決於復古的、貧乏的、基礎的各種形式。我就是因為這樣才想把電影重新導向電影的零度表達，恢復幾乎原始的狀態。建議，但不定義。讓電影吸收那些在盧米埃兄弟或馬塞．萊赫比耶[25]默片時代就已經存在的藝術成果，卻又不會讓電影流於枯燥乏味。

電影發軔之初，比方說，黑白片就擁有一種強度——德萊葉[26]、穆瑙[27]就是很好的例子——這是彩色膠片永遠也不可能有的。

我想找回這些白，這些戲劇化的鮮明對比。至於顏色，我想利用它凸顯某些現實面向的特徵，而非企圖美化現實以支配觀眾。

您總是拍一些「窮」電影。假如資金更為充裕，您會改變拍片方式嗎？

不會，資金窮匱——拍《卡車》的時候，一千三百萬舊法郎，《在荒涼的加爾各答有她威尼斯的名字》（*Son nom de Venise dans Calcutta désert*）一千七百萬㊸——相當符

25　譯注：馬塞．萊赫比耶（1888-1979），法國導演。一九二〇年代被視為前衛理論派人物，導演了一系列的默片，三〇年代後也導演有聲片。一九四三年，創辦了高等電影學院（Institut des hautes études cinématographiques）。

26　譯注：德萊葉（1889-1968），丹麥導演。一生共導演二十三部影片，多數是默片，最後四部才是有聲片，影響了許多大師級的電影後輩，如布列松、安哲羅普洛斯、拉斯馮提爾等。

27　譯注：穆瑙（1888-1931），德國導演，後前往好萊塢發展，為默片時代最有影響力的導演之一。

合我所描繪的現實性質。衰敗了的，撕碎了的。我認為，電影的美，也在於我拍它們時所能支配的有限預算，還有非常短的時間（有時候短到一個禮拜）。

所以說跟在紙上作業一樣，您的操作方式力求敘事材料的減省、精鍊。

我僅限於去除贅物，所謂「環環相扣的事件」，通常「環環相扣的事件」在電影裡面都起著連接各組不同鏡頭的作用，同時還賦予整個背景一種「自然」的感覺，讓人有一種仿真幻覺。相反的，我則透過迫使觀眾逼著自己把到目前為止都統一給他、而且還事先經過人工消化的東西放在一起，我一直都想刺激觀眾的知覺。

您拍給哪種類型的觀眾看？

拍給這一萬五千個喜歡我電影的人。有一類很確切的觀眾群是我永遠也吸引不了的——兒童——對這類觀眾來說，電影是種消遣，是種要能夠渾然忘我的遊戲[44]。

您自己呢？您親眼看到許多觀眾在您電影放映期間很不耐煩。不受歡迎會不會讓您覺得很沉重㊺？

二十年前的《毀滅吧，她說》，是第一部讓我瞭解到管它有沒有共識、管它引不引得起共鳴的電影。好幾個製片勸我，要我別再有拍片的念頭：「妳確定妳在幹甚麼嗎？」他們這麼問我。我好多朋友，他們喜歡身為作者的我，都受不了我的電影。他們問我，我幹嘛非拍電影不可。

我連回答都懶得回答。有的人就是不能理解，一個人是可以做一些明明知道不值得做但卻還是會去做的事。

何況，就算媒體不買帳，學生還是不停地寫論文研究我的電影。

在您最新發表的兩本書《痛苦》和《藍眼睛黑頭髮》的書腰上，您鼓勵讀者基於文本的絕對真實性而該去閱讀它。

可是《大西洋男人》這部造成群情譁然的電影上映時，您卻反其道而行，您在《世界報》上發表過一篇文章㊻，勸觀眾別去看。您以一種挑釁的方式，強制要求觀眾必須完全參與、無條件參與，對您的作品抱著某種崇拜、信仰之類的。

我確實想要阻止觀眾看這部電影。不值得看。他們會無聊得要命。全片（四十五分鐘裡面占了三十分鐘）銀幕幾乎都是黑漆漆的一片。

您如何運鏡？

把鏡頭當成是我自己投射於外界的注視，但連最細微的次活動也不會洩露出去。基於相同方式，我也拒絕扮演傳統小說家的角色，無所不知，無所不在，我拒絕高高在上的鏡頭，統御、禁錮、讓情節變得客觀的這種侵入。鏡頭必須靈活，優先考量到各種事件的多樣性，透過與人眼一般極其細微的機動性來移動，抓住各個不同、可以相互替換的角色。鏡頭的作用是為了追隨眼睛，而非予以替代。

對您而言，蒙太奇階段扮演甚麼角色？

重要的角色。我們在暗房裡面剪接影片，片子在孤獨和寂靜中重新組成，痛苦而緩慢，類似書寫的過程：甚至像儀典。在電影院就跟在扉頁上是一樣的，最要緊的是：刪除。稍微轉變一點，僅僅轉變必須轉變的。提供觀眾最少看得到的東西，但最多需要去瞭解、去聆聽的東西。

聆聽？

我邊拍，有時候我會意識到，演員正在說的話，都比不上他們聲音的品質與特點來得重要。

您堅持在原聲帶中插入您的「旁白」。

布魯諾．努唐，我大部分的電影都是由他負責攝影，他就很支持這點，因為旁白G調的調性，他覺得很美。

您於一九七八年到一九七九年間所拍攝的短片《切塞雷》（*Césarée*）、《否定的手》（*Les Mains négatives*）、《奧雷莉亞．史坦尼（墨爾本）》（*Aurélia Steiner*〔*Melbourne*〕）和《奧雷莉亞．史坦尼（溫哥華）》（*Aurélia Steiner*〔*Vancouver*〕）裡面，有您自己口白的一段文字，您在幫戶外拍的畫面做評註，但是這些畫面往往都跟您所說的話完全搭不上。

您電影裡面的影像和文本之間，經常都會出現不協調——我不想稱其為不搭軋——的狀況。鏡頭、背景、遠景，持續不斷轉換來轉換去。影片的視覺內容不在於闡明對話或獨白，反而令人聯想起其他涵義。交談本身失去了說明或評論的所有功能。

彷彿聲音並不知道影像的內容。所以說敘事永遠也不會是即時的、直接的，它會回到觀眾身上，讓觀眾自行還原。

這些跳躍式的語法，讓劇本變得豐富——從現在式到假設法、到簡單過去式——很明確地凸顯出這種疏離效果，這是傳統敘事所無法呈現的。

或許《卡車》是您所主張的疏離效果最好的例子。讓電影這件事——演員德巴狄厄和您僅止於在讀劇本而已——得以繼續進行，而「展示」天馬行空的對話，則是表現其特徵的唯一支撐。

原本這部電影應該由演出片中角色的演員來詮釋。我記得，當時我曾經想過要找女星西蒙．仙諾。可是我覺得這個點子不怎麼樣。然後，有一天夜裡，我決定與其拍這部電影，不如敘述這部電影，**要是**我拍了的話，它會怎麼樣，我就把它給唸出來。

在諸如《大西洋男人》（*L'Homme atlantique*）還有《卡車》等片中，您用了黑色銀幕、中斷，而且同時還將之前所講過的一切意義解體。

我不希望文本和影像之間會出現重複的冗言，而只會出現**黑色**的片斷，就跟我在書面敘述時所置入的**留白**完全一樣。

您會給新進導演甚麼建議？

找到自己的路，別遵循任何模式、別採用任何參考，因為這些只對掩飾自己的恐懼有幫助。在義大利——羅馬、陶爾米納——我當過無數電影獎評審委員：搞電影的人要能讓大家看見，這點很重要，反正就是得勇於對抗，就是要再生刺激。很多導演早期的電影都讓我很無聊，我承認。得等到二十七、八歲，個人特色才會凸顯出來。一個導演，只有拍到第二部電影的時候，才會變得有個性。不論誰都有能力可以拍出第一部電影。

您認為當代法國電影怎麼樣？

我們不能像稱呼德國電影一樣，稱其為「法國新電影」。現在流行一種新浪漫主義，但有損創新……我懷疑，最新一代的導演已然失去了閱讀的況味，他們只看劇本而已。而且，總之，他們老是以一種囫圇吞棗的膚淺方式來閱讀，端看他們需要為電影汲取些甚麼，他們才看些甚麼。此外還有些電影作者，諸如尚—皮耶．梅爾維爾之類的：一種現在應該算正流行的風格，非常法國式的，外國都這麼說。一種著重**look**的電影，整體都經過計算，一切均以外表取勝。

法國電影，對我來說，依然還是雅克．大地的超爆笑和模仿最令人讚歎不已，隨後還有羅伯．布列松、尚—路克．高達；高達是其中一個最偉大的導演。即使我們常常爭論不休，我們還是朋友。我們彼此欣賞，可是我們卻——我相信——非常不同。所以我才拒絕加入他的《人人為己（生活）》（*Sauve qui peut* 〔*la vie*〕）團隊，而且我也不准他拍攝他想拍的《痛苦》。我比較希望讓約翰．休斯頓拍。至於布列松，說真的，比我看任何人的電影都更有感覺，我體會到跟他一樣的感動、同樣的痛苦強度，每次我看他的電影，都好像是我第一次看到一樣。至於尚・雷諾，他倒是都處理一些我很重視的主題——愛，印度——可是我覺得他太感情用事。

那義大利電影呢？

某種羅塞里尼式的新古典主義，至今這個神話依然在法國盛行不墜。羅塞里尼是偉大的導演，我同意。可是，所有這些對他的瘋狂崇拜，我並沒有這種感覺。

我比較喜歡他在他那些名不見經傳的電影裡的表現，比方說《路易十四取得政權》（*La Prise de pouvoir par Louis XIV*），您看過嗎？

您的電影可能會讓大家聯想起安東尼奧尼。

如果大家指的是《情事》（*Avventura*）一片最前面的幾個取景，那麼，是的，我同意。

您看過帕索里尼的電影嗎？

我一直都很討厭他片中神祕兮兮的光暈，還有環繞他片中人物身邊的浮誇詞藻。至於《薩羅或索多瑪一百二十天》（*Salò*），我覺得真的很令人反感。這就是我從來都不會想看薩德侯爵的書[47]的原因。

再跟我談談您最喜歡的導演。

我接受《電影筆記》團隊訪問的時候，我比較了我對德萊葉高尚悲劇的喜愛，以及我對柏格曼式大腦美學的無法容忍。後者專門拍些給美國人看、耍猴兒似的滑稽摹仿，以滿足美國人永遠都不會滿足的「文化」飢渴。

我的最愛，而且永遠都會是我的最愛，那就是小津安二郎、約翰·福特、尚·雷諾、弗里茨·朗。還有卓別林。卓別林的本事在於他能不說話就說出這麼多東西。他眼睛的轉動，他面部的表情，他的手勢，他的無聲。跟伍迪·艾倫極其紐約式、非說不可的強迫症簡直有天淵之別！有聲電影永遠也趕不上默片的強度。

我最近看到您在訪談中長篇大論提到伊力・卡山[48]。

我邊跟他說話，才邊意識到我們有多像[49]。同樣的品味，基本上都稍微有點原始，畫面都一絲不苟、乾淨。所有跟我對談過的導演中，伊力・卡山或許是唯一一個曾經試圖表現慾望的導演——身為男人這個事實，讓他顯得份外了不起。慾望天生就難以描述、無法接近。

您曾經在《電影筆記》中，貢獻了一整期的〈綠眼睛〉給電影界[50]。

起初是「電影筆記」團隊對我的系列訪談，然後他們就希望我能直接參與，最後乾脆決定讓我自己去協調這期完全寫我的《電影筆記》專刊。

結果證明這樣更有效率，不是嗎？

是高達幫我出的好主意。一上來，《電影筆記》編輯把那一期的數量印得很少，他們覺得會賣不動，結果現在連口袋版都出了[51]。他們告訴我賣得相當好。他們對我說，本來還應該給我錢——可是我確定這是真話——不過這些錢差點連支付雜誌的債務都不夠。

您覺得您的作品可以被列入女性電影作品之林嗎？

如果我拍了「女性」電影，那麼我就出賣了這兩大訴求：女性和電影。女人除了對事物獨具的嘲諷能力、獨具慧眼外，無論如何，都應該放棄她自己身上女性的部分。我就是一個作者，就這樣。超越女人這個角色的天賦異稟，長久以來女人這種天賦一直都強化著女人，但也出賣了女人。

您相信政治電影嗎？

如果遭到誤用，像宣傳影片那樣，政治電影就會變成危險的工具。透過電影來傳遞和散播訊息，比透過書籍更為便利：影像會簡化被閱讀變成敵人的東西。我的電影都帶有政治色彩，但它們不談政治，不靠議題來取得進展。想往政治方向前進，充其量也得靠其他途徑才能抵達。不是靠修辭這條路，也不是把無產階級神話化就到得了。

一九五七年，雷內．克萊芒執導的《抵擋太平洋的堤壩》，一九六〇年，彼得．布魯克的《如歌的中板》，一九六六年，朱勒．達桑的《夏夜十點半》（*Dix heures et demie du soir en été*），一九六七年湯尼．理察遜的《直布羅陀的水手》。不過還得算上一九八五年彼得．漢德克將《死亡的病症》改編成電影。然後還有亨利．柯比的《如此漫長的缺席》（*Une aussi longue absence*），您幫此片編劇。可別忘了雷奈的《廣島之戀》。您對把您的小說或劇本改編所拍成的電影看法如何？

我開始拍電影，因為——除了雷奈以外——把我的小說改編拍攝的電影，我都不喜歡。我就在想，我倒要瞧瞧我自己能拍出甚麼來：不可能比這些更差勁。

所以說這些導演可能歪曲了文本？或者未能忠於文本的期待嗎？

首先就是害文本變得庸俗。隨便挪用，以浪漫的形式重新塑造故事，然而卻不瞭解這關係著文本的初衷，殊不知文本中的聯想主要建立於省簡或懸疑之上，而非敘事的飽和。這些導演想填滿書寫的空，但這種方式卻害話語失去了它全部的強度：在他們的電影裡面，影像成了話語的替代品，透過取代貧瘠書寫來闡明故事。

近五十年來，電影都怕說話。

弔詭的是，您最廣為人所知的電影，雖然劇本是您寫的，不過拍攝此片的卻另有他人。

您是指《廣島之戀》吧？有一天亞倫．雷奈打電話給我。我連他想把《廣島之戀》拍成電影都不知道。

反正，我還是盡我所能的告訴他該怎麼做，還有我的想法，並從旁協助他。高達是其中一個最早發現《廣島之戀》畢竟還是一部我的電影的人，再怎麼說，還是立刻就看得出來[52]。

您和雷奈一起工作的時間久嗎？

我寫劇本，他照著自己當下產生的點子來予以重建。他去過日本，去找接下來我們要怎麼拍攝的靈感[53]。

《廣島之戀》拍攝於一九五九年。您首度涉入一部電影如此之深嗎？

對。我甚麼都不知道，合約條款一竅不通，我應該收到多少比例的作者版稅，我一概不知。在電影製作的生產線裡面，就算作者引起好評和受到恭維，說穿了，作者根本就算不了甚麼。要不就是作者只被當成所拍攝電影的單純故事敘述者看待。我做了很多，卻得到極少的報酬：一張一百五十萬舊法郎的支票[54]。我原本還以為他們之後會額外補給我一點，結果並沒有，我發現就這樣而已。幾年後，我從雷奈那邊得知，應該屬於我的錢，他們少付了我一半。我被坑了，沒經驗；當然，也沒人幫我忙。

您另一部相當出名的電影《印度之歌》。您自己說過這部片就像把所有東西都塞在袋裡重組。

對，唯有透過破壞已知故事——安娜–瑪麗．斯崔特和副領事的故事——才能創造出另一個，一個反向的故事，還更為強烈。《印度之歌》整部片就是靠這種被拉開了距離的雙重作用在進行。

《印度之歌》後，甚麼原因讓您開拍另一部電影《在荒涼的加爾各答有她威尼斯的名字》，這部片子不只是使用到跟《印度之歌》同樣的聲帶，而且還讓人想起同樣的社會階層，同樣的環境。

好幾個月以來，不滿之情就糾纏著我：我有《印度之歌》裡面的話還沒說完的感覺，我還渴望說些別的。總之，這兩者都是我在書寫時所想像可以完美搬上大銀幕的東西：殖民終了，白人的絕望，令人精疲力盡的一樁情事，遲暮，孩子，法蘭西駐印度大使的頹廢墮落，這件事本身就已經是我經過這些路上所感受到的死亡了。

您最後一部片，是一九八四年跟皮耶．阿第提、安德烈．杜索里埃和阿格澤爾．博古斯拉夫斯基一起合作的《孩子們》（*Les Enfants*）。自那時起，您說您再也不想拍電影了。

對，沒錯。我跟電影玩完了。畢竟，這麼些年來，拍片一直都很不容易。

這是一部探討一個小大人埃內斯托的片子，某一天他突然就拒絕去上學，他說，因為他不想學一些他不知道的東西。他反對義務教育思考邏輯的所有威權。

在一個完全屈服於共識邏輯的世界裡，埃內斯托的瘋狂就存在於這種氾濫、過度、革命性的自由中，埃內斯托想掌控他的瘋狂。他拒絕所有預設價值，他意欲毀滅，他破壞知識──就他的情況而言，就是學校知識──為的就是找回他身上那放之四海皆準的天真。這部電影之所以會建構在一種絕望的滑稽人物身上絕非偶然。

拍這部電影的時候，您想到您的兒子約翰嗎？

想到烏塔[55]，還有想到我自己。埃內斯托，跟我一樣，學會了說不。

您和演員的關係怎麼樣？從您跟傑哈．德巴狄厄拍《卡車》，還有您導演的《娜塔麗．格朗熱》一片的露西亞．波希和珍妮．摩露的關係看來，似乎很緊繃。

甚至可說充滿激情。充滿妥協與衝突：我們無話不談，而且，通常在演員的批評下，我被迫依照他們的建議去修改文本，以符合他們所詮釋的人物。

他們秉持平常心的心態，他們表現出的感動和害怕，這些發自內心的舉止，對我來說很重要。他們說我很難伺候，動不動就發脾氣。

我甚至還對洋發過脾氣，他跟布魯．歐吉爾一起拍《艾嘉莎》的時候。我要他進到電影裡面，而不是在演。跟德巴狄厄合作時，我很快就跟他很合得來。開拍之前，我僅僅對他說：「你就隨你說話的聲音去任意發揮，不要管句子有甚麼意思。字詞的樂章，你所使用的音調，就足以打破電影的靜止狀態。」《卡車》是一部困難的電影，可是卻從沒出現過無聊、難以忍受的時刻。德巴狄厄和拍片團隊都興致勃勃。

您自己承認過您和女演員的關係密切，從珍妮．摩露到露西亞．波希，期間還曾有過黛芬．賽瑞格、布魯．歐吉爾、瑪德琳．雷諾、多明尼克．桑達、伊莎貝拉．艾珍妮、凱薩琳．塞萊56。況且，她們中間還真的有很多人都跟您成了朋友。

至今瑪德琳．雷諾依然是跟我關係最密切的女性朋友之一。我們很像，甚至連我們都有點快手快腳和不在乎穿著打扮都很像。我喜歡聽她講話，更甚於跟她一起聊戲劇。我喜歡她的憨直，她「天真」的無知——某天，貝克說這就是她的天分所在——不過事實證明，現在對瑪德琳．雷諾來說，就連登台都是種恐怖的經驗。

您就是為了她才寫《薩凡納灣》。

我忘不了她在《樹上的歲月》詮釋我母親那個角色的方式。她要我跟她談談我的母親。我拿照片給她看。好令人震驚。瑪德琳小小的巴黎神態不見了，她變成印度支那當地住民的老師。

倏忽間，我看到她，我的母親，毫無血色，垂垂老矣，就在那邊，在奧德翁劇院的大舞台上[57]。

您臥室裡面有黛芬・賽瑞格的巨幅照片，您不是隨便擺的，因為您選了她演出《印度之歌》。

是雷奈發掘她的。他想要她演出《去年在馬倫巴》（*L'Année dernière à Marienbad*）。那是在一九六一年的時候。黛芬當時已經在劇場演出過八年，她不愛交際、很低調，不接受訪問，不常出沒沙龍，然而卻是最偉大的法國女演員之一。我光在電話上跟她說過話，還沒看到她本人，就決定要選黛芬了，因為她的音調抑揚頓挫、變化萬千[58]。

話說回來，《娜塔麗．格朗熱》的女演員倒是珍妮．摩露和露西亞．波希。劇本是為她們寫的嗎？

我顛覆司空見慣的老套，轉而從後方來展現她們的軀體，或者她們的手，而非停留在她們的腿上、臉上或是乳房，我喜歡能和兩名偉大演員這麼合作的這種想法。

我想拍一部遵守女性節奏的電影，卻不訴諸於一般的女性化，慘遭蹂躪的女性化。她們兩人和我之間，這種女性之間的心領神會，留給我美好的回憶。

至於珍妮．摩露[59]，從《如歌的中板》時代，我就察覺到，她能以眼神恰如其分地表現出角色的內心世界，她的眼神慧黠過人。她跟布魯克拍片期間，經常到我家，問我有關書中女主角安妮．德巴赫斯德生活的相關資料，害我不得不當場立即編造出來，說給她聽。

珍妮跟我很像：我們，我們兩個都是，我們這一生都被某股愛的力量所滲透。不一定非得是已經存在的愛，而是被某個還不在這兒、就快到來，或正在結束中的東西所滲透。

戲劇

Q 您寫過、也改編了不少戲劇。您的作品搬上舞臺的過程中發生了甚麼事？

A 書，是以書的形式存在；戲劇，則是舞台自己來「實現」絕對不存在的文本。演員的聲音壓過作者的聲音，讓文本復活的就是演員的聲音。其實，我在面對我的戲劇時，我是無聲的——一個消失點，隱藏在幕後。我們可以這麼說，演出者代替我發言。

導演一齣戲和導演一部電影有甚麼差別？

戲劇永遠也不會是硬邦邦的工業製品，戲劇是活生生的東西，每晚都令人擔心會冒出新的狀況。電影則與這些擔憂毫不相干，電影在呈獻給觀眾之前，便已先行經過活體解剖和修正了。

電影不帶任何偶然，也毫無意外。

可是舞台也有限制，大家都知道：只有電影才能將想像力發揮得淋漓盡致。

正因為如此，注視受到侷限，戲劇才會如此多彩多姿。

那麼文本呢？搬上舞台，文本經過甚麼樣的改變？從您的作品看來，好像看不太出來這些不可避免的轉變差距，一般而言，文本從書到電影或到舞台的過程中，都會逐漸轉變。評論界經常將您的作品描述成不管您採用哪種藝術形式，您的作品所表現出來的就是沒有任何內部界限、沒辦法解決連續性的問題。

文學作品要轉變成戲劇，架構就得非常嚴格，但這種情況鮮少發生。首先就得重新調整尺度，雖然戲劇可以仰仗對話，但光靠對話是不夠的。有些聯想隸屬於書寫魔法，單靠對話想把這些不可言喻的聯想表現出來，有困難；至於電影，困難度則較小，多虧有特效，電影有能力可以表達。

舉《死亡的病症》為例，這本書整個文本的架構都是空白、停頓、空、大海的聲音、光、風之上：舞台太小了……

您覺得自己跟哪位劇作家最為接近？

斯特林堡[28]的分析直透人心，他分析出人類的消沉意志有可能會造成暴行。品特[29]則將此意志與病理學相提並論。可是戲劇空間向來都沒能傳達出人與人之間真正發生的事，或許除了契訶夫的劇作以外。

28 譯注：斯特林堡（1849-1912），瑞典劇作家、小說家、詩人，被視為是其中一個現代戲劇之父。

29 譯注：品特（1930-2008），英國劇作家及劇場導演，早期作品經常被列入荒誕派。二〇〇五年諾貝爾文學獎得主。

戲劇兼具文字與聲音，由看似普通實則饒富意義的細節編綴而成。在對話、話中有話、話中暗藏玄機的這種「簡單」的結構之下，在意有所指、模稜兩可的交談中，藏有契訶夫的偉大：文本永遠不會寫得太白，就跟我的一樣，動作則懸而未決，處於未完成階段。誠如某種無聲的音樂。整體都還有待想像。

我想到諸如《廣場》、《音樂》、《英國情人》、《蘇珊娜・安德勒》（*Suzanna Andler*）、《薩凡納灣》、《樹上的歲月》等文本。您的戲劇隸屬於哪一類？

任一齣戲劇都帶有悲劇成分。而悲劇，就是愛，歇斯底里，即便僅僅是一對鄉下夫妻的分離。但願我的戲劇能將禮拜儀式的神聖力量精確地搬移到戲劇語言中。

您自己定義了您的戲劇，稱其為「話語和聲音的戲劇」。

我會這麼稱呼它，全都是為了別稱它「概念戲劇」。

從事戲劇，對您來說有甚麼意義？

學到像處理某樣外來事物那般去處理戲劇，因為事實上戲劇是在它本身之外所完成的，並不帶給我通常會跟一本書所建立起的這份投入和親密感。最令我沉迷的是對話。我每天都會重寫，每天早上寫三個鐘頭，然後，下午到劇場時，每次都帶著新建議。比方說《音樂》就是改過最多次的文本之一。直到有一天，咪嗚咪嗚和薩米．弗雷，兩位演員累斃了，求我別再改了為止……

您跟劇場演員和跟電影演員的關係，有甚麼不一樣嗎？

劇場演員個人對文本的貢獻對我至關重要，比在任何地方都更重要。也就是說，他們的貢獻在於幫助我在公開演出之前去修改文本，乃至於全部重寫一遍。

演員以某種方式在移動著身軀，我記得，好多點子光靠這個就生出來了。

在您看來，文本和詮釋文本的聲音之間有著甚麼關係？

演員不應該以自然的方式進入角色，而該發揮人和人物之間的疏離以維持某種距離。

您這份對戲劇的激情是打哪來的？

不是來自於我看過的戲劇演出，這點我可以確定。三〇年代的時候，在交趾支那的村莊，劇院比電影院多。在我們家難得可以找得到的幾份刊物裡面，其中一份就是《小畫報》[60]。

一九五〇年代，您從《塞納—瓦茲的高架橋》（*Les Viaducs de la Seine-et-Oise*）開始寫劇場劇本。當時，您對剛經歷過二戰的法國劇壇抱持甚麼想法？

我對諸如安托南・阿爾鐸等好些理論家所掀起的劇場革命沒多大興趣。至於沙特或卡繆，我覺得他們把戲劇當成論文看待，跟他們硬塞到戲劇裡面的意識形態一樣不合時宜。虛假外加說教式的戲劇，缺乏悲劇的真正貢獻。一切都大剌剌地外露，展現給觀眾看，將觀眾貶抑至扮演一種被動接受——我甚至會說忍受——的角色。

卡繆每次推出新劇，狄奧尼斯．馬斯科羅[61]都逼我陪他去看。

您對戲劇評論有何看法？

只有對新手才有意義，對像我這樣的一個人來說，絕對沒有。我跟這些戲劇後衛部隊完全不搭軋，因為四十年前，他們創建時，便是以心理的合理性或諸如此類的事情為準則。

劇評家來看我的劇作甚至還會打擾到我，他們把謀殺記憶和戕害激情的手法當成是矯揉做作的多愁善感在作祟。

激情

Q 您所有的書，不管以哪種方式寫成，都是愛情故事。求助於激情作為極致和必須的解決手段，以超越癱瘓了您筆下人物的無能為力和墨守成規。激情相當於整個莒哈絲世界的主軸。

A 愛是唯一真正具有重要性的東西。想將愛侷限成為一個男人和一個女人之間的故事，這麼做很愚蠢。

愛這個主題統御著法國文學，法國文學為其著魔，尤瑟納對這點頗不以為然(62)。

我不同意。即使愛是所有藝術的主題，但從來沒有任何東西像激情一樣如此難以敘述，難以描繪。愛，是最平庸的東西，然而同時卻又最曖昧不明。

《廣島之戀》裡面有一個句子，或許可以概括您認為所有愛的本質都既深刻又矛盾：「你殺我，我覺得好舒服[63]。」

在我又窮又怪的時候，我遇見了中國情人，我這才發現任何激情中都有著矛盾情緒在孳生。愛，渴望擁有另外一個人，渴望到想將其吞噬[64]。

提到《情人》，您說過跟那名有錢的中國男子所發生的事，是您這一生中最重要的經歷之一。

這段經歷將其他所有人的、所有告白過的、系統化的愛拋諸腦後，不予理會。透過將愛那初始且神聖的幽冥晦暗加以抽絲剝繭，試著說出個所以然，語言殺死了全部激情，限制它，減弱它。不過愛只要沒被說出來，它就具備肉體的力量，具備快感那盲目又完整的力量：停留在情人們有光環加持的神奇狀態。我在《情人》裡面，透過提到那座中國城、那些河流、那種天空，提到在那邊生活的白人的不幸，我能夠遠遠地講述這個故事。至於愛，我則不發一語。

完全的愛，令人又受到蠱惑又懼怕，會灼傷人。《廣場》中，那個少女說[65]：「就是有像這樣的東西，大家都躲不了，沒人能躲得了」，那位先生回道：「生命中沒有任何東西像它一樣如此令人受苦，又如此讓人嚮往。」某種類似超現實主義者的瘋狂所愛，激情，帶領情人超越日常生活的單調乏味。對追求絕對來說，唯有愛，才能與死亡抗衡，才能對付惡，才能抵擋生命中的厭煩。「世界上沒有任何一種愛可以取代愛情的愛，這是沒有辦法的事」，《塔吉尼亞的小馬》裡面的女主角莎拉如此說道[66]。

而且，猶有甚者，愛，唯有在缺席或死亡中才得以解決。「我希望妳死。」在《如歌的中板》裡面，修凡對安妮．德巴赫斯德這麼說[67]。就本體論觀點看來，愛正是因為不可能所以才完整。在您的短文《坐在走廊裡的男人》（*L'Homme assis dans le couloir*）、《大西洋男人》、《諾曼第海邊的妓女》（*La Pute de la côte normande*）還有《藍眼睛黑頭髮》裡面，您將不可能的愛加以擴充，乃至於變成了激情的一種隱喻。

愛只會存在片刻，隨後便會四散紛飛；消散於實際上不可能改變生命進程的不可能性中。

愛的主題反映出另一個主題，那就是兩性間難以溝通。您筆下的人物總是彼此相愛和掙扎，最後以失敗告終。

這些人處於肉慾退化狀態。我感興趣的不是性，我感興趣的是處於情色源頭的那樣東西——慾望。這是一樣我們不能、或許也不該因為性就得到滿足的東西。慾望是一種潛伏活動，就這點來說，慾望跟書寫類似：我們寫出我們所欲想的，總是如此⑥⑧。

此外，就我正準備要寫的那個當下，我覺得自己滿腦子都是書寫，比我實際上真正在寫的時候還要嚴重。就跟在書寫的初始混沌和訴諸白紙黑字上的最後結果之間的差異一樣，慾望和快感之間的差異也會自行減少、會變得清楚。

混沌就在慾望裡面。快感只是我們所能達到的東西裡面微不足道的一小部分。其餘部分，我們欲想之物的好大一部分，都停在那邊，永遠的佚失了。

您不認為慾望的這種形象屬於典型的女性世界嗎？

或許吧。男性的性慾圍繞著相當確切的行為模式打轉：興奮、性高潮。隨後又再度開始。沒有任何東西是懸而未決、沒說出口的。當然，由於老祖宗傳下來的守貞規矩，所有女性都很克制，沒辦法完全依照自己的慾望過活而不會有罪惡感。

您經常堅稱您才十五歲的時候，慾望便已在您臉上留下痕跡[69]。

我還好小，打從我最初的性冒險，跟陌生人，在海灘的更衣室[70]還有火車上，我就知道慾望意味著甚麼。跟中國情人在一起的時候，我體驗到慾望的力量無遠弗屆，從那時起，我的性經驗總是十分豐富多彩，甚至粗暴。

您如何成功地將您不計其數的愛好跟所謂的對書寫工作的真正癡迷結合在一起？

我這一生中，只要我不再跟男人一起生活，我就會重新找回自己。那些最美的書，是我獨自一個人寫的，或是跟情人過客一起寫的。孤獨的書，我會這麼稱呼它們。

您對男人有何看法？

男人活在不透明的生命裡，乃至於沒察覺到周遭大部分的事物。他們只注意自己，只注意自己的所作所為，乃至於有時候永遠也不會知道在女人的腦子裡，無聲無息地，產生了甚麼念頭。我認為，自以為了不起的陽具級別依然存在……

您會怎麼形容您跟男人在一起的生活？

旅行的時候，我老是跟著他們，走到哪跟到哪。分享幸福，對他們強加於我、我卻很受不了的消遣做出讓步。否則他們就會氣死。跟我在一起過的男人都很難忍受我老評論個不休，很難忍受我遭他人抨擊時所發的牢騷。他們希望我打理好家務、管好廚房，還有，要是我真的非寫不可，那麼就玩票式地寫寫，好像從事見不得人的勾當似的。

搞到最後，我一直都待在別的地方：作家永遠都不會在別人希望他待的地方。

我交往過所有類型的男人。每一個都自然而然地要我寫出一本大賣的暢銷書。不過，不到二〇〇〇年就甭想。

您會責怪男人哪些地方？

男人喜歡對周遭所發生的事物進行干預、高談闊論、加以詮釋，得非常愛他們，才受得了他們這種需要。

您常宣稱「男人全都是同性戀」⑪。

無能，沒辦法活出激情威力的極限，我會補充這點。男人只準備好去瞭解一些像他們的東西。男人一生真正的伴侶——真正的知己——只可能是另一個男人。在雄性世界裡，女人在他方，在男人偶爾會選擇去跟她會合的世界裡。

您怎麼看待同性戀者？

同性戀者缺乏這種僅屬於異性戀者的神話和普世尺度：同性戀者愛同性戀更甚於愛他的情人⑫。所以文學——光想想普魯斯特就夠了——才不得不把同性激情轉換成異性激情。說得更明白些，把阿爾弗萊德[30]換成阿爾貝婷。

30　譯注：莒哈絲指的是普魯斯特的同性情人阿爾弗萊德·阿哥斯特奈里（1888-1914）。

我已經說過，這就是我無法將羅蘭．巴特視為是一位偉大作家的理由，因為某樣東西老限制著他，似乎是因為他錯過了生命中最古老的經驗：跟女人發生性關係⑬。

您有過女同性戀情嗎？

當然有。另一個女人所帶來的歡愉是一樣非常親密深刻的東西，然而，這樣東西本身卻總是帶著不會引人頭暈目眩的標誌。因為，跟男人在一起，才是真正能讓女人屈服的轟雷掣電。

在諸如《死亡的病症》等文本中，尤其是《藍眼睛黑頭髮》，您戲劇化地，同時也很明確地涉及男同性戀的主題。這兩本書敘述不可能享有肉體快感的一男一女之間，永遠也不可能發生的愛的故事。

這是一個我相當瞭解的問題。同性戀，就跟死亡一樣，是唯一專屬於上帝的領域，這個領域，男人不能、心理分析家不能、理性也不能介入。此外，不可能生育這點，大大拉近了同性戀與死亡的距離。

您甚至宣稱，您曾經愛過並且跟許多同性戀者交往過。

我還沒跟他們交往之前，以為他們和大家一樣。其實並不是。同性戀者很孤單，不啻為被判了刑，被判無法與跟自己一樣的人在一起，要不就是只能斷斷續續。生活在他身邊的女性成為唯一會待在他左右的人。然而，正因如此，看似不可能的這點，正因為基本上和生理上的不可能，愛才能存活。這就是發生在我和同性戀者身上的情形。

您和洋·安德烈亞已經生活了九年。

是他來找我的。他寫了好多很美的信給我，寫了兩年。不過，寫信給我這件事，我並不訝異，因為看過我的書以後，很多人都會寫信給我。

有一天我狀況不好，誰知道我怎麼了，我決定回信給他。然後他就打電話給我，我從沒看過這個來自卡昂的學生，我卻叫他過來。我們很快便喝將開來，就是因為這樣，我們兩人間的瘋狂於焉展開。跟洋在一起，我再度發現：一個人一生中所能發生的最糟糕的事，就是無法去愛。

我受不了他在我眼前出現。他朋友指責他跟一個比他大那麼多的女人在一起，可是洋不予理會。

至今我依然還在思索這怎麼可能。我和他之間的激情是悲劇性的，誠如所有激情。我們不合適，我們的慾望不切實際，激情卻於焉而生。

洋．安德烈亞是一本名為《M.D.》的書的作者[74]——這本書切分音式的書寫讓人聯想起您近來的文學創作——他在這本書中，提到您戒酒，還有您在幾年前決定戰勝酒癮而住院的可怕情形。

我從這本書的許多地方都看出有我的影子。市面上出版了許多有關我的電影或者我的書的文集，可是從來都沒有關於我本人的，真正的我。

您尤其從書中的甚麼地方找到了您自己？

從這份衰竭感、不滿足感、這份空裡。這種自我毀滅，不喝就活不下去，一想到沒得喝了就自我毀滅。

您第一次戒酒是甚麼時候？

當時我對待酒精就像對待一個真正的人一樣。在政治聚會或是晚宴裡面，我就是這麼開始喝的。然後，四十歲的時候，我真正陷了下去。我第一次戒酒是在一九六四年，然後，戒了十年後，我又喝了。我又開始酗酒，然後又戒了三次，直到目前為止。直到我進了訥伊的美國醫院，歷經三週的幻覺、譫妄、嚎叫之後，院方終於把我從深淵中拉了出來。

從那時起，七年過去了，可是我知道我隨時都會再犯，明天就可以。

您認為自己為甚麼會酗酒呢？

酒精讓孤獨的幽靈變形，酒精取代了不在這兒的「他者」，總有一天，酒精會填補長久以來我們身上所被挖出的空洞。

女人

Q

有一次[75]您將您的一生定義為「一部配了音的電影，剪輯不良，詮釋不佳，校準不好，終究是個錯誤。一部沒殺戮場面的警匪片，沒有條子，也沒有受害者，沒有主題，甚麼都沒有。」

A

我每次都覺得自己有很多孔隙、像海綿一樣，被冷漠地滲透我的一切所浸潤。

有一個女人，《卡車》的女主角，那個斷定自己「滿腦子都是風[76]」的女人，您或許在她身上找到了自己。

跟作家一樣，這個女人是一個可供外在利用的設置。她準備好要去接收——就跟我獨自走在海灘上或鄉間的時候一樣——有如狂風般的強烈感受。

您覺得您自己有甚麼特色？

歡樂。我愛笑，我笑，因為有時我覺得自己很有趣，要不就是因為某些很愚蠢的東西，別人甚至都沒注意到。當然，接著我就會突然又陷入這種我才八歲時候的憂慮之中——害怕面對事物、面對人、面對叢林的窮凶惡極。一個人年輕的時候，出發時毫無自信，對自己不確定，對自己的存在不確定。唯有到了稍晚，我們才學著像相信別人那般相信自己。

通常，我曾有自己不存在於生命之中的感覺——沒有任何模型，沒有任何參考——總在找尋著某個地方，但從沒找到某個我想在的地方，永遠都太遲了，永遠都在享受東西的不可能性中，這些東西卻是別人所能享受的。現在這種多樣性的想法讓我開心：我們總是強迫自己想辦法達到屬於自己的獨特性，殊不知我們的財富，就處於放縱之中。

要是現在，七十五歲的您必須幫自己的一生做個總結……

童年、青春期、我那令人絕望的家庭狀況、戰爭、被德軍占領和集中營，沒有了這些，我認為我的一生就會乏善可陳。我擔任密特朗祕書的時候，當時他是退伍軍人事務部部長⑰，我接觸到希特勒許多可怕的罪行，例如奧斯維辛集中營和七百萬猶太人慘遭滅絕等。當時我三十歲，我好像就是從那時候開始，才覺得自己從長眠中甦醒。

您覺得自己孤獨嗎？

跟所有人一樣，我也感受到這種因為恐懼而嘗試一路掩飾到底的終極孤獨。可是，在當前這種環境下，要是有哪天不孤獨，我會無法呼吸。

大家說您還是喜歡跟女性、跟年輕人待在一起。

有女性陪伴，我總會很開心，總會覺得很新鮮。我記得有好幾個下午都在跟女性朋友聊天，我們開懷暢笑，一起飲酒作樂。

跟年輕人在一起則不同：我喜歡他們，雖然我有自己並沒有甚麼好教他們的感覺，甚至連個小說理論都沒有……比起幾個老朋友來，我還更喜歡年輕人，不過，現在我的「look」已經跟以前不一樣，我就不跟他們見面了。我受夠了聽到有人對我說：「瑪格麗特，閉嘴，拜託……」

您跟我提到令堂的時候，您說您忘不了她精彩絕倫的故事，可是許多您看過的書、分析和推理，您卻忘了。

是這樣，沒錯。我經常都會有忘記最緊急事件的感覺——我知道為了某個原因必須保留在腦海中的那些事件——卻記得傻話、瑣事。某個聲音，某件衣服的料子……我忘了我寫的文章，我說過的話，多年來我每天過的生活，彷彿它們是平行通過我腦中的一堆事件，未曾留下痕跡。這種記憶是非自願的，非意志所能決定的。

身為一個女人這個事實，對您的工作發揮甚麼作用？

可以這麼說，我經歷過身為女人所與生俱來的痛苦。就跟所有女人一樣，我很厭煩，很累，我身邊的男人都是一些想要我隨侍在側，好讓他們從工作抽身，休息一番，要不就是把我留在家裡。而就是這兒，在家中，在廚房裡，我經常就是在這些地方書寫。我開始喜歡男人出門後留給我的空。他們出門後我才能思想，要不就是甚麼都不想，兩者是一回事。

您所說的令人想起在《塔吉尼亞的小馬》裡面莎拉的某些心態。

莎拉向來都不是一個人，總還有孩子跟她在一起，或者雅克，她先生，要不就是女傭，或者「另外一個」，可以成為卻不會成為她情人的那個人。儘管如此，她的寂寞是一個沉默的人所擁有的無可救藥的寂寞。而一切都發生在這些沉默裡。

您認為您作品中的女性特質為何？

我寫作的時候，我不會問我自己擁有女性靈敏度會怎麼樣的這種問題。

維吉妮亞・吳爾夫在《自己的房間》（*A Room of One's Own*）斷言，男性和女性本原能夠和諧共處，全人類的狀況便得以正常和完美[78]。

偉大的靈魂是雌雄同體[79]。女性把重點放在藝術的某些女權化上，就是一大錯誤。女性創造這種特質，就限制了她們自己訴求的範圍。

您對女權主義有何看法？

我對所有這些稍微沒那麼尖銳的激進主義形式都抱持戒心，它們不見得可以導致真正女性解放。有些反意識形態比意識形態本身還更系統化。當然，一個自覺、有見識的女人，她本身就已經是一位女性政治家，但條件在於：她不會把自己的身體變成絕佳受難地，不會自我封閉在這個隔離區裡。

寂靜，對寂靜的實踐與認知，誠如您所言，就是女性所掌握的分寸嗎？

女性不會去排除寂靜或畏懼寂靜的曖昧性，而是表達出來，將寂靜納入她的話語中，成為一個整體。男性則感受到非說不可的需要，彷彿他無法承受寂靜的力量。

兩性間這種使用話語的不同性再次引起比較，您經常意有所指的暗示女人與女巫有關。

米榭勒在《女巫》（*La Sorcière*）一書中表示，打從一開始，女性的語言裡便可找到寂寞⑳。男人隨十字軍東征，留下女人獨自一人，於是女人開始自言自語，很自然地，說著一種初始、祖傳的語言。為了防止這種體制外的語言蔓延，女人因此受到處罰。女人，還有跟女人在一起的孩子們，往往都比男人更接近逾越、更瘋狂。

狄奧尼斯·馬斯科羅在一篇寫您的隨筆中，提到您「不謹慎，無疑只有女人才能提供的極端例子：性喜冒險的品味，不同於『精神』生活中的人物所讓我們養成習慣的那種品味，擁有對任何諾言、所有既得安全均加以質疑的才能，孤注一擲地豪賭，好似唯一指引她的就是視未知為未知的那股不可思議（令人無法理解）的信心[81]」。

我想加上一種才能：徹底正視痛苦經驗，又不曾毀滅自己。男人由於脆弱使然，使得自己面對痛苦時如此措手不及，他們逃避受苦這件事本身，男人將它神話化，帶著憤怒、帶著肢體暴力來表現受苦這件事。

您筆下的女性角色，雖然有勇氣接受已經遭到揭發的真相，但這並不會妨礙她們也去追逐謊言，她們幾乎全部都有掩飾隱瞞的習慣：蘇珊·安德勒、莎拉、安妮·德巴赫斯德、勞兒、安娜—瑪麗·斯崔特……

她們是遭激情滲透的受害者——就跟我……事實上，我剛認識中國情人的時候，就開始對我母親撒謊——首先，她們被自己不由自主就展現出來的雙重人格所撕裂。

一個像您一樣從事寫作的女人，她會以甚麼方式來記住她所經歷過的生育過程呢？

男人永遠都不知道另一個身體在自己身體裡面，乃至於耗盡精力是甚麼意思。女人已經知道被我們帶到這個世界上的人會經歷甚麼痛苦的這個事實，使得我們認知到所有分娩本身就帶著暴力。

您跟尚．馬斯科羅的關係怎麼樣？他是您跟狄奧尼斯．馬斯科羅的兒子，您於一九四七年六月三十日生下了他。

我跟烏塔，我們是朋友。他是其中一個真正瞭解我的朋友(82)，他知道我很神經質，歇斯底里到不行。然後還有就是，他是超棒的旅伴。我們在巴黎很少碰面，有的晚上會見面，可是我們經常一起在歐洲旅行。他會隨行護送，保護我不受打擾：我們互補，我們兩個，我有工作狂，他則樂得輕鬆。

儘管只是間接，但尚·馬斯科羅最近經常參與您的電影拍攝，比方說操作機器或當攝影師，例如靈感來自於他，而且這並非巧合的《孩子們》一片。

到目前為止，他甚麼都做一點，從沒找到讓他完全投入的工作。他爸和我向來都不會逼他去找。我的錢現在都是他的。有時候有人給我甚麼特別好吃的東西，我都跟他一起分享。

六八年五月那個時代，令郎從事政治活動。

那真的是嬉皮。溫和、漠不關心、置身事外。

有點像《毀滅吧，她說》裡面永遠不知疲倦為何物的阿麗莎。

要是沒有從烏塔那邊學到某些東西，我可能就不會寫這本書。

您對令郎投身政治的反應如何？

他去他爸家，跟他爸說他不想無所事事，他不能一事無成。然後他就走了。多年間，我們看著他從非洲來來回回，越來越瘦，瘦到皮包骨。不過我們寧願知道他身無分文或遊手好閒，也不要看他被困在某個不知名的辦公室裡，跟一大早在黑暗中等著鬧鐘響起，然後去上班的好幾百萬人一樣。

地方

Q 您將一本題為《瑪格麗特·莒哈絲的地方》[83]的美麗小書奉獻給您最喜歡的地方，可說是一種記錄了您個人地理學的神奇地方照相簿。

A 在我記憶中，有的地方比別的地方更能在我身上釋放出強烈激情：這些地方，現在依然，我知道我沒辦法若無其事般地經過。身體很本能地就會認出它們。永隆省的屋子，靠近湖邊，而且永遠都會跟歡愉初體驗相連結，那是我永遠也無法跟我母親分享的新發現[84]。她會死的。

幾乎所有您的書裡，即使不見得都以直接的方式出現，但我們注意到都有海的存在。海，甚至是您一本小小的日誌《八〇年的夏天》（*Été 80*）[85]的主題。

海是其中一個影像，其中一個最常出現在我腦袋裡的夢魘[86]。我相信很少人像我一樣這麼懂海，我會花好幾個鐘頭觀察它。海讓我著迷，令我恐懼。因為會被海水給帶走的想法，使得從小我就怕海。可是真正的海，是北海。而唯有梅爾維爾在《白鯨記》裡面才透過文字讓海變得駭人、具威脅的力量。

您許多人物，從勞兒．V．史坦開始，都住在海邊度假村，要不就是無論如何都會經常提到海。

海的力量無遠弗屆，海，淹沒了「我」、淹沒了注視，迷失就是為了找回自己的身分。世界末日的時候，再也沒有任何東西留下，唯有那無與倫比、無邊無際的海覆蓋著地表。人類所有微不足道的痕跡則會消失殆盡。

您大半年的時間都待在特胡維爾的公寓，中間只會間歇性在巴黎和諾夫勒堡（Neauphle-le-Château）兩地的公寓稍事停留。

特胡維爾公寓位於一幢老飯店裡面，巨大，空，棋盤式黑白交錯的瓷磚地板，還有著大窗戶。唯有在這個地方才找得到某種明亮的光、冷，還有風，秋季的初月，就連勒哈佛港石油工廠的氣味也是。

我立刻就愛上了諾夫勒堡的房子。歷經多年漂泊，買下它的時候，我滿心喜悅，因為第一次有了一個自己的家的想法。隨後便在這邊生活，彷彿在一齣戲裡，一齣甚麼都不需要、只需要有故事的戲，我想到勞兒・V・史坦，想到娜塔麗・格朗熱[87]。

有一天，雷奈到諾夫勒堡來找我，隨後便選定在這邊拍《廣島之戀》裡面艾曼妞在納韋爾（Nevers）的倒敘。我們一起意識到：牽制電影即將拍出什麼畫面的是「地方」。卯足了勁兒想找畫面，是沒有用的。電影應該甚麼都不說，不預設任何想法，而是透過地方來說出它想說的。

那麼您目前位於巴黎聖伯諾瓦街的公寓呢？

四十年內，它只改變過一次。現在我猜往後它就會保持現狀吧。

房子是個聚合處，我們進到裡面是為了安心，但，同時，基本上房子有受住客影響的風險。房子屬於女人——男人滿足於空間使用——是為女人子宮的某種延續。所以房子才不該充斥著護身符，讓它跟外界隔離的護身符，讓房子變得無法忍受。對我來說，房子一直都是個開放的地方，得讓外面的空氣進來。我這一輩子，雖然我一個人過活，我都只有等到夜深才會把門關上。

您的公寓多年來都維持是區區幾位朋友間的小圈圈聚會場所。

啊，是的。喬治．巴代伊、莫里斯．布朗修、吉勒．馬爾蒂耐、埃德加．莫蘭、里奧．維多里尼都來這邊。他們是朋友，可是我寫作的時候，想的不是他們，也不是我們晚上聊的內容。

我總把這兩個領域分得很清楚：對他們而言，誰知道呢？搞不好，我只是個話多好客的朋友，願意讓他們睡在沙發上，而且不論幾點，隨時都願意下廚備餐的朋友。

現在還是有很多人會上您家門。

他們直接在門外打電話或按門鈴。他們說他們想看我。我，我可從來都沒興趣想認識我喜歡的藝術家。我只需要欣賞他們的表現就夠了。所以說，要是有人問我「妳想認識畢卡索嗎？」我會回答不想。

絕大多數的藝術家對自己作品的偉大與重要性，都連最基本的自覺都沒有。崇高的無知，可以這麼說，比方說巴哈、委拉斯凱茲[31]……等等。

您喜歡巴黎嗎？

在巴黎生活變得幾乎不可能。我覺得交通好恐怖，我已經不開車了，這座城市讓我覺得像個死氣沉沉、充斥商業氣息的碩大迷宮，根據所謂的「新建築」標準看來，巴黎的美遭其吞噬，日復一日。

31 譯注：委拉斯凱茲（1599-1660），十七世紀巴洛克時期西班牙畫家。

就連貧民區也變了。皮卡勒、瑪黑。至於郊區……至少那邊的生活比較不嘈雜。不過，郊區變成巨大的混凝土塊，要是可能的話，孤獨在郊區還會更加肆虐。

我喜歡的巴黎，是巴黎夏天的週日，巴黎的夜晚，遭到遺棄了的巴黎，可是這幾乎已經不存在了。

您出現在哪個地方，會影響到您的工作嗎？

會。面對我家窗戶，就在我書桌前方，有人把十九世紀的印刷廠給拆了，蓋了四星大飯店，白色的，好萊塢風格。我現在越來越沒辦法在巴黎工作，但不只是因為這些。我留在巴黎，就得冒著屈服於混沌和蜷縮在自己小窩的風險。然而寫作時所需要的卻是嗅到空氣、感受到各種聲音，反正就是所有活著的一切，外面的世界。

注釋

①德國攝影師，出版商吉安賈科摩・菲爾特里內利（Giangiacomo Feltrinelli）的寡妻，為莒哈絲在義大利其中一位女出版商。

②伽利瑪，平裝本Folio系列，二〇〇〇年，三〇五頁。

③茲列舉莒哈絲幾個重要訪問如下：

─《游擊手》（*Franc-Tireur*）雜誌，與亨利・馬克（Henri Marc）對談，一九五六年九月十四日。

─《世界報》，與克勞德・薩侯特（Claude Sarraute）對談，一九五六年九月十八日。

─《新文學》（*Les Nouvelles littéraires*），與安德烈・布罕（André Bourin）對談，一九五九年六月十八日。

─《電影六〇》（*Cinéma 60*），與馬塞・傅亥荷（Marcel Frère）對談，一九六〇年二月。

─《世界報》，與尼可・桑德（Nicole Zand）對談，一九六三年二月二十二日。

─《快報》（*L'Express*），與瑪德蓮・卡普薩勒（Madeleine Chapsal）對談，後重新收入瑪德蓮・卡普薩勒，《十五位作家》，朱亞爾，一九六三年，並收於《言猶在耳》，法雅，二〇一一年。

─〈現在的男人不夠女性化〉（Les hommes d'aujourd'hui ne sont pas assez féminins），皮耶・漢（Pierre Hahn）彙編，《文學與醫學》（*Lettres et Médecins*），一九六四年三月。

——〈窒息的一天〉（Une journée étouffante），C.M.彙編，《洛桑日報》（*La Gazette de Lausanne*），一九六四年九月十九到二十日。

——〈莒哈絲專訪〉（Une interview de Marguerite Duras），雅克・維維安（Jacques Vivien）彙編，地方報《巴黎諾曼第》（*Paris Normandie*），一九六五年四月二日。

——《世界報》，與伊馮妮・貝比（Yvonne Baby）對談，一九六七年三月七日。

——《世界報》，與克勞德・薩侯特對談，一九六八年十二月二十日。

——《世界報》，與皮耶・杜馬耶（Pierre Dumayet）對談，一九六九年四月五日。

——《世界報》，與伊馮妮・貝比（Yvonne Baby）對談，一九六九年十二月十七日。

——《世界報》，與柯蕾特・高達（Colette Godard）對談，一九七四年七月二十八日。

——《電影藝術》（*Cinématographe*），與皮耶・布瑞格斯坦（Pierre Bregstein）對談，第十三號，一九七五年六月。

——《銀幕》（*Écran*），與克萊兒・克魯索（Claire Clouzot）對談，第四十九號，一九七六年七月到八月。

——《文學快訊》（*Les Nouvelles littéraire*），與安妮・德・卡斯珮瑞（Anne de Gasperi）對談，一九七六年十一月二十五日。

——《巴黎日報》（*Le Quotidien de Paris*），與安妮・德・卡斯珮瑞對談，一九七七年一月八日。

—《焦點》（*Le Point*）雜誌，與傑克·古斯朗（Jack Gousseland）對談，一九七七年二月十四日。

—《美麗佳人》，與蜜雪兒·芒索（Michèle Manceaux）對談，第二九七號，一九七七年五月。

—〈大西洋之黑〉（Le noir atlantique），《女性行動》（*Des Femmes en mouvement*）週刊，第五十七號，一九八一年九月十一日。

—〈《薩凡納灣》的背景〉（Le décor de *Savannah Bay*），與羅伯特·普拉特（Roberto Plate）對談，《雷諾—巴侯筆記》（*Cahiers Renaud-Barrault*），伽利瑪，第一〇六號，一九八三年九月。

—〈父親的期待〉（L'Attente du père），弗朗索瓦·佩哈勒帝（François Peraldi）彙編，《佛洛伊德研究》（*Études freudiennes*），第二十三號，一九八四年。

—〈真瘋狂，我竟然會愛你〉（C'est fou c'que j'peux t'aimer），莒哈絲與洋·安德烈亞接受迪迪耶·艾瑞邦（Didier Eribon）訪談，《解放報》，一九八四年一月四日。

—〈他們沒找到拒絕我的理由〉（Ils n'ont pas trouvé de raisons de me le refuser），瑪麗安·阿爾方（Marianne Alphant）彙編，《解放報》，一九八四年十一月十三日。

—〈莒哈絲—祖克〉（Duras-Zouc），與祖克對談，《世界報》，一九八四年十一月十三日。（莒哈絲為訪談者）

—《閱讀》，與皮耶・阿蘇林（Pierre Assouline）對談，第一一二號，一九八五年一月。後重新收入《寫作、閱讀與談論》（*Écrire, Lire et en parler*），拉豐，一九八五年。

—〈完全莒哈絲……訪問一位超越所有龔古爾之上的作家〉（Duras tout entière…… Un entretien avec un écrivain au-dessus de tout Goncourt），皮耶・貝尼丘（Pierre Bénichou）及艾維・勒・馬松（Hervé Le Masson）彙編，《新觀察家》（*Le Nouvel Observateur*），一九八六年十一月十四日到二十日。

—〈瑪格麗特・莒哈絲：「文學是非法的，否則就不是文學」〉（Marguerite Duras : "La littérature est illégale ou elle n'est pas"），吉勒・勾斯塔茲（Gilles Costaz）彙編，《晨報》（*Le Matin*），一九八六年十一月十四日。

—《她》雜誌，與安妮・辛克萊（Anne Sinclair）對談，一九八六年十二月八日。

—《閱讀》，與安德烈・侯蘭（André Rollin）對談，第一三六號，一九八七年一月。

—《解放報》，與德尼・貝洛克（Denis Belloc）對談，一九八七年九月十九日到二十日。（莒哈絲為訪談人）

—《解放報》，與米榭・普拉蒂尼對談，一九八七年十二月十四和十五日。（莒哈絲為訪談

人）

——〈處於書寫清明地帶的莒哈絲〉（Duras dans les régions claires de l'écriture），與柯蕾特．費盧（Colette Fellous）對談，《文學報》（*Le Journal littéraire*），一九八七年十二月。

——〈世界的終極影像〉（L'Ultima immagine del mondo），與愛達．梅隆（Edda Melon）對談，一九八八年二月十八日。《英國情人》（*L'Amante anglaise*）譯本在義大利再版時發表。菲爾特里內利，一九八八年。

——〈莒哈絲的生活〉（La vie Duras ），瑪麗安．阿爾方彙編，《解放報》，一九九〇年一月十一日。

——〈莒哈絲談新莒哈絲〉（Duras parle du nouveau Duras）（有關《夏雨》），皮耶瑞特．侯塞（Pierrette Rosset）彙編，《她》雜誌，第二二九七號，一九九〇年一月十五日。

——〈我把現實當成神話在活〉（J'ai vécu le réel comme un mythe），阿麗耶特．阿荷麥勒（Aliette Armel）彙編，《文學雜誌》，一九九〇年六月，第一八—二七頁。

——〈情人園中的莒哈絲〉（Duras dans le parc à amants），瑪麗安．阿勒方彙編，《解放報》，一九九一年六月十三日。

——〈您分得出我的書和電影有甚麼不同嗎？〉（Vous faites une différence entre mes livres et mes films?），瑪格麗特．莒哈絲訪談，尚—米榭．弗侯東（Jean-Michel Frodon）及丹妮

埃勒・黑曼（Danièle Heymann）彙編，《世界報》，一九九一年六月十三日。
—〈情人莒哈絲的懷舊之情〉（Les Nostalgies de l'amante Duras）（有關《洋・安德烈亞・史坦》），尚—路易・埃濟尼（Jean-Louis Ezine）彙編，《新觀察家》，一九九二年六月二十四日到七月一日。

④莒哈絲於一九三二年離開越南，從此再也沒回去過。

⑤《卡車以及與米雪兒・波爾特對談》（*Le Camion suivi d'Entretien avec Michelle Porte*），午夜，一九七七年，第一一五頁。

⑥一九七〇年一月十二日，在一篇刊登於《新觀察家》題為〈如是莒哈絲〉（Duras Telle Quelle）的文章中，索萊爾確實指出《毀滅吧，她說》對六八年學運的政治詮釋過於文學，從而以閹割及同性戀（男與女）為主題，針對電影（而非針對小說）提出了一種不是「文學」、而是精神分析的說法。「所以說一個女人忍受著來自於另外三個人的**粗野心理分析**，我們可以說，電影終了時，就症狀而言，她『痊癒了』，也就是說透過嘔吐這個非常棒的跡象，我們明白，痊癒根本沒解決任何問題，因為她跟由她『先生』到來所代表的社會不可能性彼此衝突。而正是在這個當下，我發現，不可能性就處於此一封閉分析範圍的**外界**本身，也就是說在這個封閉範圍內，夢想著擁有某種社群是不可能的。就意識形態上，這點讓我感到很有意思，因為這個問題反映出一件非常現實的事情，也就是說，不管可不可

能，分析論述與其外界之間的連貫，就有可能是一種政治論述。可是這邊的問題在於，電影還是停留在懸而未決的階段，並沒能轉而提出這個問題的解決之道。」

⑦一九七五年，莫理斯・布朗修針對《毀滅吧，她說》撰寫的〈毀滅〉（Détruire）一文刊登於信天翁出版社所發行的莒哈絲專刊《這就是電影》（*Ça/Cinéma*）。布朗修寫道：「他們打哪兒來？他們是誰？當然是一些跟我們一樣的人：這個世界上沒別的人了。但，事實上，他們是些已經徹底毀滅了的人（所以在《毀滅吧，她說》中才會有猶太意象的隱喻），然而即便如此，他們非但沒遠離不幸的疤痕，反而將自己內心所帶有的腐蝕、傾頹或永無休止地朝死亡邁進當成自己唯一的紀念（有的人靈光一閃地終於感悟到某種缺席，有的人則透過少女身上緩慢、尚未完成的發育進程，透過她的青春才有所領悟，因為跟她絕對的青春相較之下，少女全然毀滅了），不占有、非特定、無邊無際的愛溫柔地解放了他們，以吸引別人注意：他們因為這一切而得到解放，也因為他們彼此所帶有的那句獨特話語，他們從最年輕、慘澹青春少女處所接收到的那句話語，唯有她，帶著完美的真相，才能『說』出來的那句話：**毀滅吧，她說**。」（第一〇二頁）

⑧《卡車》，前揭書，第二十五頁和第七十四頁。

⑨後由伽利瑪出版社於二〇〇六年（和二〇一二年的Folio系列）重新發行，題為《杜班街郵局和其他訪談》。

⑩《解放報》於一九八五年七月一七日刊登〈了不起，大大了不起，克莉絲汀．V.〉（Sublime, forcément sublime, Christine V.）一文。小男孩格利高里的屍體，則於一九八四年十月十六日遭人發現。

⑪莒哈絲是這麼寫的：「世界上沒人能夠知道，女人被自己不想要的男人占有會怎麼樣。絲毫沒有慾望的女人被男人插入時，不啻為遭到謀殺。壓在她身上的雄性快感重量有如死屍般沉重，她沒力量回擊的謀殺的重量：瘋狂的重量。〔……〕而維爾曼她沒發現到這種不幸正在進展，這點是確定的，她越來越不知道自己會何去何從：夜，降臨到無知的克莉絲汀．V.身上，她殺了人，她或許不知道原因，就跟我雖然寫，但我不知道原因一樣，她的眼睛貼著玻璃，試圖在那個十月的某日，墨色漸濃的夜裡看個清楚。」這篇文章一登出來，法蘭絲瓦．莎岡（Françoise Sagan）、伯諾瓦．克魯爾（Benoîte Groult）、西蒙．仙諾、蕾金．德佛爾日（Régine Deforges）和安傑洛．瑞納爾狄（Angelo Rinaldi）群起而攻之。埃德蒙德．夏爾—胡（Edmonde Charles-Roux）則為莒哈絲辯護。一九八六年十一月十四日，莒哈絲在接受皮耶．貝尼丘（Pierre Bénichou）和艾維．勒．馬松（Hervé Le Masson）訪談時（該次對談內容刊登於《新觀察家》），她聲明如下：「她犯不犯罪，我才不在乎。法官才不會在乎！我敢確定。總之，從我寫過這篇文章後，沒人敢再攻擊她。」然而克莉絲汀．維爾曼拒絕見她，還告《解放報》報社誹謗，因為莒哈絲暗指她確確實實就是殺人兇手，這

正是身為被告的她所否認的。直到一九九四年，維爾曼控告《解放報》一案所提出的上訴遭到駁回。不過，一九九三年二月三日，謀殺親子一案，她倒獲判不予起訴。隨後幾年，DNA鑑定也沒得到確鑿結果，但由於有新的科技調查方法，法官遂於二〇一二年九月重新審理本案。不予起訴當晚，「法國電視三台之夜」（Soir 3）播出記者克莉絲汀・歐克杭（Christine Ockrent）訪問莒哈絲的節目，這個節目是在宣判維爾曼不予起訴的前幾天所錄製的，但當時已經幾乎可以確定她不會被起訴。莒哈絲堅持說根據她的分析，根據所有事證，都在在指出克莉絲汀・V.無罪，她把維爾曼的謀殺歸咎於她是個受到欺騙的女人。凡是有相同遭遇的女人都會宣告無罪。不過她也指出，為了避免任何誤會和醜聞，她的文章應該採取預防措施，事先說明：「如果我們是在處理一件刑事案件的話……」所以說莒哈絲強調應該把她這篇文章當成單純的假設看。如此一來，如今再回頭看這篇文章的時候，就會賦與它完全不同的意義。記者歐克杭問她：「對您來說，這個案子已經結案了嗎？」她回道：「這件事已經結束了。我不知道是否結案。法文有的時候很美。它結束了。」

⑫ 一九九三年，莒哈絲寫了篇文章來幫自己說話，重拾她這篇文章和維爾曼一案的論據：「這椿犯罪的問題是個女人的問題。小孩的問題就是女人的問題。男人的問題就是女人的問題。男人並不知道。只要男人還抱有幻想，以為自己雄性、物質的力量可供他自由使喚，雄性的才智就不會多有深度。男人錯估男人自己，卻只有女人才會因此而有所警惕。跟牛

排煮得不好吃而挨耳光相比，每天都得過日子還更糟糕。」這篇文章得一直等到一九九八年，伽利瑪出了勞爾・阿德萊寫的《莒哈絲傳記》時才發表。其他有關維爾曼事件的文章，我們可以在二〇一二年八月到十月，在尚—皮耶・馬汀（Jean-Pierre Martin）統籌下，由《世界報》所發行的《瑪格麗特・莒哈絲，聲音與激情》（*Marguerite Duras, la voix et la passion*）專輯中找到。這份檔案也包括雅克・拉岡的文章、埃萊娜・希蘇（Hélène Cixous）和米榭・傅柯的訪談（收於《雷諾—巴侯筆記》發行，第八十九號，一九七五年），勞爾・阿德萊、尚・瓦利耶（Jean Vallier）、洋・安德烈亞、菲利浦・索萊爾、茱莉亞・克利斯蒂娃（Julia Kristeva）、彼得・漢德克、珍妮・摩露、迪迪耶・厄瑞邦等人也有所貢獻。

⑬一九八八年十月十七日，莒哈絲動了氣切手術，在醫院經過人工昏迷處置，待了一年才出院。一九八二年十月首度接受戒酒治療。有可能因為她戒除酒癮的治療，才讓她產生幻覺，洋・安德烈亞在《M.D.》（午夜，一九八三年）一書中曾加以描繪。

⑭一九八六年四月二十六日。

⑮洋・安德烈亞（公民身分上原姓勒梅）寫的那本書，以莒哈絲戒酒為主題而受到矚目。

⑯午夜，一九八三年。這幾段引自第七十四頁和第八十七頁。

⑰雅克・拉岡在《雷諾—巴侯筆記》中（巴黎，伽利瑪，一九六五年十二月，第五十二號，第七到十五頁），撰文盛讚《勞兒之劫》這本小說。他在文中寫道：「這不就夠了嗎？足以

讓我們意識到勞兒發生了什麼事，並向我們揭示愛的本質；要不就是透過這個影像，這個別人加諸於妳、包覆著妳的妳自己的影像，當妳瀕臨崩潰邊緣，這個影像置妳於不顧，這個影像下面藏著甚麼呢？這該怎麼說呢？那天晚上，勞兒，妳懷抱著十九歲對愛的激情，妳披上聖袍，妳那純潔的裸體照亮了它。別人提到妳時，唯一會說的就是妳很嬌小，妳向來都心不在焉。可是，這份虛空是怎麼回事呢？就在這個到黎明前的夜晚，就在這個時候某樣東西亂了套，從此以後，虛空有了意義，妳，對，妳成了眾所矚目的中心。這句話是甚麼意思呢？中心，在所有表面上是不一樣的。托盤上只有單一一個，球體上則到處都是，在一個較為複雜的平面上，卻有可能變成一個好玩的結——這就是我們的中心。因為妳感受到這是一種包覆，包覆裡空無一物，包覆外也甚麼都沒有，而在這種包覆的中心縫線上，所有目光都投向了妳，所有目光都在妳身上，他們眼中滿滿都是妳，而且，勞兒，妳永遠都會吸引過客的目光。我們這些讀者跟著勞兒，她所經之處，都一個接一個地緊緊抓住這個護身符，這個人人都視為洪水猛獸、連忙拆下來的這個護身符——目光。勞兒，妳是萬眾矚目的對象，所以為妳癡迷的雅克．霍德就自己告訴自己，說他準備好要愛『勞兒的全部』。注視就是這本書主題的基本理論，而迎接這神來一筆的地方便是訴諸於莒哈絲筆下，她的這枝鵝毛筆為我指點迷津。我們檢查一下就可發現，這種注視在《勞兒之劫》這本書中比比皆是。我們很容易就可以辨識出這樁事件的女主人翁，因為莒哈絲將她描繪成一個不注視的人。我在此指出視覺分為影像和眼睛，眼睛最重要的模型就是瞳孔，從瞳孔這個斑點派生出來的探測，會從眼睛剖面拓展全面。從眼睛看出去，斑點藉由畫筆，在帆布上蔓延開來，使得我們在畫家的作品前也產生了自己的斑點，才看得畫作上的各色斑點。」這篇文章後來重新收入《瑪格麗特．莒哈絲》，信天翁，《這就是電影》，一九七五年，第九十五頁。並收入《世界報》的《瑪格麗特．莒哈絲，聲音與激情》專輯，前揭書，第九十八頁。

⑱「『狂喜』（ravissement）這個謎樣的詞令人不解。勞兒．V．史坦究竟決定它是受詞還是主詞？狂喜。暗示靈魂，而對靈魂起作用的則是美。就這個一蹴可幾的意義看來，我們只能儘量利用象徵來求得擺脫。狂喜的女人，也正是這個受傷、遭世事流放的人物所強加於我們的影像；我們不敢觸碰她，她卻將我們視為禁臠。然而，這兩種行動糾結成一個密碼。不過，我們可以從勞兒．V．史坦（Lol V. Stein）——莒哈絲極其高明地所組成的這個名字——解開這個密碼。

Lol V. Stein：紙翅膀，V：剪刀，Stein：石頭，划拳遊戲，你輸了。

有人回答：O，嘴巴張開，在愛的遊戲中越位犯規，我在水上跳三下會怎麼樣，我會跳到哪裡去？[32]這種詭計讓我們聯想到莒哈絲是「誘拐者」，我們這些讀者則是「被誘拐者」。

可是當然要，我們當然要讓步伐趕緊跟上勞兒的，莒哈絲的小說在迴盪，我們沒看到任何

32 譯注：拉岡說的這段話有點玄，根據瑪麗．萊登（Mary Lydon）在《記憶的遺忘：雅克．拉岡、瑪格麗特．莒哈絲及文本》（*The Forgetfulness of Memory: Jacques Lacan, Marguerite Duras, and the Text*）一書第一〇八頁中的研究看來，大致意思為：在法文中，「翅膀」（ailes），跟字母L和第三人稱代名詞的elle發音相同。勞兒（Lol）就字面上看，有一個o，這個o代表了字母O、零、和／或水（eau，發音跟O相同），所以拉岡在此才會提到O和水。

人，只聽到我們身後的步伐聲，所以說，在雙重空間中移動著的，莫非是莒哈絲的產物？還是我們之間的誰穿過了勞兒？而，是勞兒還是我們之間的誰任由自己被別人穿過了呢？再不然我們就會發現，這個密碼是以另一種方式所組成的，因為想將其抽絲剝繭，得有三**個人才算數**。」（出處同上）

⑲一九八九年。莒哈絲尚未發行《夏雨》（*La Pluie d'été*，一九九〇年）、《來自中國北方的情人》（一九九一年）、《洋・安德烈亞・史坦》（一九九二年）、《寫作》（*Écrire*，一九九三年）。

⑳《哈！哈！哈！》專輯（一九七七年）。該樂團由約翰・佛克斯（主唱）、史蒂夫・希爾斯（吉他）、華倫・卡恩（打擊樂器）、克利斯・克羅斯（低音吉他）和比利・居里（小提琴和電子琴）所組成。

㉑一九八四年九月二八日，因《情人》一書榮獲龔古爾文學獎兩個月之前，莒哈絲跟伯爾納・畢佛對談。對談中，莒哈絲指出她研究這種「流動的書寫」已經很久了，她確定在《情人》這本書裡，她做到了。她是這麼定義「流動的書寫」：一種「幾乎漫不經心的書寫在奔流，比較急於抓住東西而不急著說出來，您懂嗎，我指的是字詞的分水嶺，這種書寫會在分水嶺上奔流，這樣才跑得快，不會迷失。」

㉒莒哈絲過世的時候，賈克琳・西塞在她於一九九六年三月的《團結報》（*L'Unità*）發表的悼

念文中，重拾這種「寫一本甚麼都不寫的書」的說法，她在該文中寫道：「莒哈絲藉由書寫回到那『野蠻的國度』。或許莒哈絲比二十世紀其他的作家更能實現福樓拜的慾望：『寫一本甚麼都不寫的書』，徹底探測書寫行為的可能性，定義出所謂文學最基礎的單位、文學原子微粒的特徵。乍看之下，莒哈絲書中虛構的故事似乎不像有生命的樣子，但透過她那高漲的浪漫想像，她的想像中帶有豐富的修飾，帶有拼湊的、異國情調的空間，不過也透過極度貧乏，幾乎將基礎元素全都稀釋殆盡，莒哈絲讓虛構故事變得有生命。而且每一次，都涉及到探索未知空間——那個經常都把愛當成空和缺席的地方。」

㉓百人隊長，一九八〇年；口袋書系列，一九八二年，第一四七頁。

㉔出處同上，第二三三頁。

㉕《懷疑年代》（*L'Ère du soupçon*），伽利瑪，一九五六年。

㉖伽利瑪，一九八三年。其實這本書是薩侯特第一本真正暢銷的書。

㉗其實當時霍格里耶還正在草擬（《歌漢特最後的日子》〔*Les Derniers jours de Corinthe*〕），因為得等到一九九四年，這本書才發行。莒哈絲接受該次訪談的時候，《重現的鏡子》（*Le Miroir qui revient*）（一九八五年）、《安傑莉卡或迷狂》（一九八八年），兩本皆已出版，均由午夜發行。

㉘霍格里耶後來接受愛琳・弗罕（Irène Frain）訪談的時候（刊登於二〇〇〇年七到八月號的

《閱讀》），他說：「一開始，莒哈絲是個有趣的女人，活潑、熱情。不久之後，她就成了大家所經常形容的那號驕傲膨風的人物。所有正常的作家應該都會自以為最偉大，莒哈絲也逃不過這個定律；只不過，她沒辦法想像其他作家跟她一樣也認為自己最偉大……」

㉙索萊爾在一九九四年二月三到九日的《新觀察家》中發表過一篇題為〈靈媒莒哈絲〉（Duras médium）的文章，後重新收入《無盡頌詞》（*Éloge de l'infini*）以及《世界報》的《莒哈絲，聲音與激情》專輯，前揭書，第八十五頁：「莒哈絲的書是些咒語、連禱文、念念有詞、通靈的體驗。之後呢？到了舞台上，究竟是誰迷惑了誰？電視？莒哈絲？真相何在？能力何在？」幾年後，索萊爾同意接受尚—弗朗索瓦．凱荷維揚（Jean-François Kervéan）的訪談，針對莒哈絲和他之間彼此厭惡一事，進行過一次火花四濺且相當直接的對談。該次對談內容藉著勞爾．阿德萊出版莒哈絲傳記的機會，刊登於一九九八年九月三日的《週四大事》（*L'Événement du Jeudi*）。索萊爾是這麼說的：「我之所以對莒哈絲的問題感興趣，那是因為她是法國的指標性人物，一個我認不出來的法國。〔……〕起初，法國碰到她，首當其衝撞上的最大問題，就是法國在印度支那的殖民主義。而我們現在要談的莒哈絲，本姓道納迪厄，她以頌揚法國殖民主義的身分出現。當時，她的書就寫得很白。〔……〕就文字的通靈能力而言，她是個很厲害的作家，顯聖手段相當可觀。她的文學作品較能反映出未卜先知的預言，而非有意識的語言習作。她身上有一股力量，她催眠式的控

制便來自於此，當她把這股力量帶到《印度之歌》或《廣島之戀》的銀幕上的時候，除了催眠外，還變得如此荒謬、如此病態，只差小孩子站起來說國王沒穿衣服了。我猜在莊嚴呆板的行為和自我催眠及催眠全國的方式之間有一種親屬關係，不容小覷。〔……〕我從莒哈絲身上聽到的，是某個強而有力、極其堅持、專橫、工具化的東西，可是這樣東西，好歹在我耳裡聽來，很假。〔……〕我一直納悶，這種虛假的感官感覺是打哪兒來的。且讓我們繼續解謎吧……接下來，她身上還有一個最令我震驚的地方，我稱之為假猶太。對於我自己有這種耳力，我感到很抱歉，可是在她所宣稱的猶太哲學中，依我之見，我們聽到一種過分投入的聲音，因為她不接受二次大戰猶太人慘遭納粹屠殺有多麼非同小可而產生的強烈罪惡感。這種罪惡感將她推到自己嚇自己的地步，乃至於她想取代猶太人來裝猶太人。這就是莒哈絲案例。一九七〇年代，我們經常碰面。《原樣》（*Tel Quel*）[33]雜誌就離聖伯諾瓦街不遠，我們常在「教士綠地」（le Pré-aux-Clercs）喝咖啡。當時我還覺得她挺正面的。那也是個女性主義盛行的年代。〔……〕她還算好相處，當時她八成就已經喝得不少了。這不重要。後來，等到《女人們》（*Femmes*）[34]一書發行，旋即造成轟動，這本書引起廣大迴響。一年後，莒哈絲因為《情人》冒出頭的時候到了。密特朗取得政權，莒哈絲成了女預言家，總統府艾麗舍宮的女先知。莒哈絲，她，在她那譫妄的內閣部會中呼風喚雨，她在那邊議論非洲、法國外省、性、拉榭思墓園的維克多．努瓦爾（Victor Noir）[35]

33 譯注：《*Tel Quel*》，或譯為《如此》、《泰凱爾》。為一九六〇年索萊爾所創辦的雜誌及叢書，對法國以及西方文學藝術界影響重大。

34 譯注：索萊爾於一九八三年發行的一本長篇小說，透過一位美國記者的冒險生活來分析二十世紀政治史和藝術史的巨變。

35 譯注：維克多．努瓦爾（1848-1870），原本是名不見經傳的小人物，這位《馬賽報》的記者卻因跟拿破崙皇子決鬥身亡，死後反而聲名大噪。由於他在臥像上的性器官呈勃起狀，故而成了拉榭思墓園的重要「圖騰」之一。

的臥像……那是莒哈絲和密特朗在《它報》對談的年代。她恭賀密特朗建造了「黎胥留號」潛水艇，密特朗回答她說：抱歉，可是那是航空母艦。這不重要，當時大家都隨著莒哈絲這號大人物起舞。〔……〕在某次《地球》（*Globe*）雜誌辦的與皮耶・貝爾傑（Pierre Bergé）的訪談中，我是「修士堤道」乳酪上面那個修士，行了剃髮禮、滑稽、對女人很下流無恥、一無是處的小說家……等等。從此以後，她就有計畫地攻擊我。經過《女人們》的成功之後，她覺得我在法國文壇看了礙眼，所以得毀掉我。她很冷漠無情，做作得無以復加，我，我覺得她很刻意。她很悲哀，一個自命為愛情專家的人，竟然還會提出『我為甚麼這麼惡毒？』這種問題。阿德萊可以作證。〔……〕我覺得她的書很厲害，具有催眠效力。但我認為無法長久。她的電影現在已經看不到了。她的書遲早也會走上同一條路。她的作品是一種讓我覺得很膚淺、吹噓、再三重複的文學。即使跟她通電話，我都會一直感受到她想統御別人的意願。我不喜歡這樣。我無法想像卡夫卡會像她這樣。」

㉚一九八七年十二月二日，柯蕾特・費魯（Colette Fellous）安排高達和莒哈絲會面。兩人為時一個鐘頭的對談由尚―丹尼爾・維哈吉（Jean-Daniel Verhaeghe）負責記錄拍攝，並於一九八七年十二月二十八日在法國第三電視台的「大洋」（*Océaniques*）節目中放映。他們談到《艾蜜莉・L.》以及高達的電影《神遊天地》（*Soigne ta droite*）。部分對談內容的聽打稿經重新謄寫過後，刊登於一九九〇年六月號的《文學雜誌》（*Le Magazine littéraire*）。

㉛莒哈絲也嫌棄沙特，因為沙特批評過她的〈都丹太太〉（*Madame Dodin*），莒哈絲曾經將這個短篇故事寄給《現代》（*Les Temps modernes*）雜誌[36]。因此莒哈絲曾在一次訪談中對艾達・梅隆（Edda Melon）說過此事，並發表於《情人》英文版翻譯的序言中：「沙特約我過去，對我說主題很有趣，故事也很美，可是我不會寫。然後他又加上這句：『不是我這麼說的，而是一位女士，一位我極其信任的女士。』他指的當然就是西蒙・波娃。還說她寫得太好了，毫無僥倖，全部都表達了出來，一切都訴諸於字裡行間。」可是，事實上，《現代》還是於一九五二年五月刊出了莒哈絲的這個短篇故事。十年後，這個故事又收於伽利瑪出版的《樹上的歲月》。

㉜前面三位作家的出版商。其實，後來也成了莒哈絲的第一位義大利出版商。

㉝艾爾莎・莫蘭特的小說於一九七四年便在義大利發行，不過得等到一九七七年，法國才發行她的作品。莫蘭特逝世於一九八五年十一月二十五日。

㉞《睜開雙眼》，前揭書，第六十九頁。尤瑟納在文中提及《苦煉》（*L'Œuvre au noir*）中的兩位主角哈德良和澤農。稍晚，基於相同的思維方式，在《北方檔案》中，提到親生父親米榭的時候，尤瑟納說：「我再也比較不像米榭，而比較像是澤農或哈德良。跟所有小說家一樣，我試著從我自己的本質去進行重建，但這是一種未分化的本質。作家以自己的本質來哺育他所創造出來的人物：有點像是一種管理現象。當然得賦予這個人物生命或讓他活了

36 譯注：《現代》，第二次世界大戰以後，由沙特出任主編。

過來，以人性資本令其茁壯，但隨之而來的，他不會變成我們，我們也不會變成他。雙方的實質依然不同。」（第二一一頁）

㉟分別出自於《副領事》、《抵擋太平洋的堤壩》、《勞兒之劫》、《如歌的中板》，以及《愛》、《來自恆河的女人》和《印度之歌》三部曲。

㊱一九八五年五月二十九日，就在歐洲俱樂部冠軍盃[37]，都靈的尤文圖斯隊跟利物浦隊開踢的前幾分鐘，由於蘇格蘭足球流氓跟義大利球迷起了爭執，互相推擠，致使足球場有一面牆和欄杆因雙方衝突而倒塌，造成三十九人死亡和六百人受傷。當時，守在電視機前的不只莒哈絲一人，全歐洲都直接目睹了這野蠻的一幕。

㊲九年後，一九九六年三月四日，足球員普拉蒂尼向派翠克・勒魯（Patrick Leroux）吐露的一番真心話，依然刊登在《解放報》：「我接受莒哈絲訪談，就像是件不真實的事，或者該說超現實的事，我根本就不知道莒哈絲是誰，我沒意識到她在知識界呼風喚雨。沒，我並沒被她震懾住，因為我沒想到這位人士在我根本就不懂或幾乎不了解的文學界的份量。我反而覺得很有意思，因為我一直都很喜歡跟不是足球界的人士接觸。我被她利用了，因為我確定她從來就沒到足球場看過比賽。那次訪談留給我的印象是她因為我是足球員而接近我。她老把天使云云掛在嘴邊，她甚至還發明了一個詞來形容足球員：天使人。她把我當成藍天使[38]……很好玩，很新鮮，一種完全不同的方式來看運動。她跟我談了許多氛圍、

37 譯注：現在的歐洲冠軍聯賽（Ligue des Champions de l'UEFA）前身。

38 譯注：法國國家足球代表隊因為穿藍色球衣，故亦被稱為「藍衣軍團」，所以莒哈絲才會稱國家隊主將普拉蒂尼為「藍」天使。

男人跟球的關係、還有我的家人。她的問題通常都很能打動人心。我在義大利踢球的時候，好幾位作家都花了長篇大論在寫我，可是全都是些對足球感興趣的知識份子，我還從來沒被像她這麼一個足球門外漢訪問過。」

㊳〈莒哈絲—普拉蒂尼，天使的運動場〉（Duras-Platini, le stade de l'ange）。趁著米榭．普拉蒂尼與派翠克．瑪埃（Patrick Mahé）合著《我的一生宛若一場比賽》（*Ma vie comme un match*）（拉豐，一九八七年）一書發行之際，記者尚—皮耶．德拉夸（Jean-Pierre Delacroix）安排了這次會面，並拍攝成「這是場甚麼比賽？惡魔與神祇」（Qu'est-ce que c'est que ce jeu-là? Démoniaque et divin）（十二月十四日），以及「天使的運動場」（十二月十五日）兩集電視訪談影片，且都在「人類的創意」節目中播出。莒哈絲如此說道：「觀看這個世界，就是我在世上的職責所在。足球場是一個人人平等的地方。公平。〔……〕足球場，是足球員踢球的地方，他們被禁閉於其間，足球場是一個有觀眾正在觀看的劇場，一個衝突的地方，所以說，足球場已經是個政治的地方。你一旦贏得勝利，即便只是個很普通的勝利，但這代表著你擁有打敗別人的能力，這就已經比較不普通了——失敗的一方會遭到觀眾的辱罵——你不再為踢而踢，你為了抗敵而踢。任何詆毀敵人、證明他輸了的手段都是好的。沒人可以逃得過這種恐懼。當然，對運動場上發生的事並不存在政治性詮釋。不過，運動場上畢竟反映出對失敗一方的族群歧視——任何字眼都可以派上用場；而

你，你從沒被排斥過，我確定。」居・奈傑翁（Guy Naigeon）將這次對談改編成戲劇，並於二〇一二年十月在里昂八區新劇院上演。

㊴委託給保羅・瑟班（Paul Seban）共同執導。嚴格說起來，莒哈絲的第一部電影應該是《毀滅吧，她說》，一九六九年。

㊵〈印度之歌小記〉（Notes sur *India Song*），首度隨《莒哈絲全集》一起出版，前揭書。莒哈絲和蜜雪兒・波爾特的《瑪格麗特・莒哈絲的地方》中也曾提及，午夜，一九七八年。

㊶如果連共同執導和重拍《印度之歌》的《在荒涼的加爾各答有她威尼斯的名字》（兩片聲帶一樣，影像不同）和中長片也算在內的話，事實上只有十五部。此外還得加上四部短片。當然，有鑑於《如此漫長的缺席》和《廣島之戀》裡面莒哈絲的印記如此之深，我們也可以把它們算成是莒哈絲的電影。她最後一部電影，則是受到《啊！埃涅斯托》（*Ah! Ernesto*）[39]啟發的《孩子們》（一九八五年）。不管是開拍前或殺青後，莒哈絲大部分的電影都是她紙本作品的題材。她的紙本作品數量比電影多，但有好幾種形式，從紀實故事到小說都有，的確，可以算出有二十來部。

㊷菲利浦・雅科泰翻譯，瑟伊，一九五七年，第二卷，第五一〇—五一一頁。

㊸約相當於今日的二十萬歐元。

㊹在《瑪格麗特・莒哈絲的地方》裡面，前揭書，第九十四頁，莒哈絲對波爾特說：「我拍的

39 譯注：《啊！埃涅斯托》，一九七一年，莒哈絲寫給兒童看的童話故事，為其作品中最鮮為人知的一部。

電影，我都會在跟我寫書的同一個地點拍片。我稱之為激情的地方。在這些地方，我們可以既聾又盲。總之，我儘量能待在這些地方就待在這些地方。一旦電影是為了討好觀眾、為了娛樂而拍，電影就成了……怎麼說來著？我稱之為週末電影，或者消費社會的電影。這種電影是在觀眾的地方所拍攝的，並且遵照非常精確的烹調方式，來取悅、來留住觀眾，這種電影是一段欣賞表演的時間。一旦表演結束，電影什麼都沒留下，什麼都沒。這是一種一結束就會立刻遭到刪除的電影。我覺得我的電影則會從隔天才開始，跟閱讀一本書一樣。」

㊺她的電影都不像她的書那麼成功。莒哈絲的兒子尚．馬斯科羅於一九九八年開了一家伯諾瓦．雅克出版社，還幫出版社買回他母親十一部無人繼承的長片，以充分利用莒哈絲那些遭到遺忘或罕見的作品。傑哈．德巴狄厄則買回了《卡車》一片的片盤。

㊻其實，一九八一年十一月二十七日，莒哈絲在《世界報》登出一則寫給觀眾看的警告，或者該說催告信，以防萬一觀眾還沒準備好要忍受這部片中半個鐘頭的全黑銀幕。她建議還沒準備好的觀眾「千萬別來看《大西洋男人》，甚至躲開它」，但鼓吹「其他觀眾」「絕對要來看，千萬不可以因為任何藉口而不來看。」

㊼這種激進的立場，而且說真的，還有點扭曲誇張，很可能並沒有反映出擁有許多共同點的這兩位創作者之間的關係，這些共同點是學界研究經常都會強調的重點。即便莒哈絲在這

裡公開表現出對帕索里尼的無知，但，毫無疑問，她不見得真的就毫無隱瞞。像《害鳥與益鳥》（*Uccellacci e uccellini*）[40]這麼一部跟她對共產黨的癡迷如此吻合的電影，她不太可能沒看過，此外，沒看過《米蒂亞》（*Médée*）也不可能，這部片跟她的激情概念如此接近，何況還是由她崇拜的瑪麗亞·卡拉絲（Maria Callas）擔綱演出，至於諸如《豬圈》（*Porcherie*）、《從月球看到的地球》（*La Terre vue de la lune*）、《定理》（*Théorème*），這幾部片的唯美形式，象徵主義的應用，莒哈絲絕對都會很受用。我們只能因為她沒看過帕索里尼的《印度的味道》（*L'Odeur de l'Inde*）和他寫於六〇和七〇年代的政治詩歌，而為莒哈絲感到惋惜，因為它們跟她當時所憂心的事物不謀而合。同樣的，稍遠處，莒哈絲斷然且義無反顧地譴責柏格曼，這看起來也有點反常。要不就是因為她為反對而反對，故意跟電影語言唱反調，這種情況出現在她身上一點都不奇怪！

⑱〈發抖的男人〉（L'homme tremblant），莒哈絲和伊力·卡山的對話，《電影筆記》，第三一八號，一九八〇年十二月。後又收入專刊《綠眼睛》出版，《電影筆記》，一九八七年，第一九三頁。

⑲她甚至對伊力·卡山說：「我跟您同病相憐。我出生於殖民地。我的出生地已煙消雲散。如果您想知道的話，我出生的故鄉，它從沒離開過我——因為我們不見得就會在出生地過日子。〔……〕我們握有兩個機會：貧窮，還有我們離後來自己生活過的地方有段距離。我認

40 譯注：《害鳥與益鳥》，帕索里尼最具政治寓言色彩的影片，拍攝於一九六六年。透過父子間看似荒誕的旅行，清晰描摹出整個西方社會的現狀。

為這是兩大契機。您，您可以回土耳其。我，因為戰爭，我結了婚，有了孩子，我從來就沒辦法、而且我也再沒回去過我的故鄉。我跟我的童年斷得一乾二淨。」

㊿ 一九八〇年六月，第三一二—三一三號。塞吉．達內安排。

(51) 一九八七年。二〇〇六年重印。

(52)《電影筆記》安排過一次討論《廣島之戀》的圓桌會議，事實上，高達在會議上說：「咱們姑且先說這是文學吧」（並沒有提到莒哈絲），隨後，其實高達特別談到雷奈的電影工作：「《廣島之戀》裡面有樣東西讓我不太舒服，《夜與霧》也是，那就是這兩部片子展示恐怖場景的便宜行事，因為很快地，這就已經不再是個美學問題了。我的意思是說，拍得好不好，這不重要，反正雷奈的這些場景會讓觀眾有恐怖的感覺。就好像是一部署名庫濟內（Émile Couzinet）[41]或維斯康堤（Luchino Visconti）[42]的電影，結果內容卻是關於集中營或是酷刑，對我來說，我覺得這幾乎是同一碼事。在《生命的門檻》（*Au seuil de la vie*）[43]之前，有一部聯合國教科文組織製片的紀錄片，這部片利用音樂剪接，展現出世界上所有的人都在受苦，身體殘缺的人、盲人、身障、飢餓的人、老人、年輕人……等等。我忘了片名，應該是《人》（*L'Homme*）或者諸如此類的。這個嘛，這部片很糟糕。跟《夜與霧》完全沒得比，不過畢竟還是一部會讓觀眾印象深刻的電影，就跟最近發行的《紐倫堡大審判》（*Le Procès de Nuremberg*）一樣。也就是說，很無聊，片中展示可怕的景象，致使觀眾

41 譯注：庫濟內（1896-1964），法國導演，致力於拍攝通俗電影。

42 譯注：維斯康堤（1906-1976），義大利導演，作品以詩意寫實風格著稱。

43 譯注：瑞典導演柏格曼一九五八年的作品，生、死、伴侶和家庭為該片主題。

會自動忘記這部片的訴求，而被這些畫面嚇到，有點像被色情的畫面嚇到那樣。歸根究柢起來嘛，彼此彼此，《廣島之戀》最令我震驚的是片子一開始的那幾個鏡頭裡面那對男女在做愛的畫面，那些剛好被原子彈爆炸傷到的傷痕也一樣，也是用特寫鏡頭拍的，也把我給嚇壞了。片中有某樣東西，並非不道德，而是不正常，導演竟然會用同樣的特寫鏡頭來展現愛和恐怖。搞不好就是因為這樣，雷奈……跟羅塞里尼比起來，才會是如假包換的很現代，姑且這麼說好了。可是我卻覺得是退化，因為在《義大利之旅》（*Voyage en Italie*）[44]裡面，喬治．山多士（George Sanders）和英格麗．褒曼看著被龐貝燒成灰的一對男女，我們雖然也會感受到同樣的焦慮和覺得很美，可是除此之外，還會有些別的感受。」尚．多瑪齊（Jean Domarchi）、雅克．多尼奧—瓦勒克羅茲（Jacques Doniol-Valcroze）、尚—呂克．高達、皮耶．卡斯特（Pierre Kast）、雅克．希維特（Jacques Rivette）、艾力克．侯麥（Éric Rohme），〈亞倫．雷奈的《廣島之戀》圓桌會議〉（Table ronde sur Hiroshima mon amour d'Alain Resnais），《電影筆記》，第九十七號，一九五九年七月。後重新收入呂克．拉吉耶（Luc Lagier）的〈《廣島之戀》—莒哈絲原著，亞倫．雷奈導演。根據《啟示錄》改編的現代電影《廣島之戀》。不安穩的年代：納韋爾的過去，廣島的現在〉（*Hiroshima mon amour -Duras écrit et Resnais filme. Hiroshima film moderne d'après l'Apocalypse. Le temps instable : passé à Nevers, présent à Hiroshima*），《電影筆記》，〈小筆記〉（Les petits cahiers），法國國

44 譯注：《義大利之旅》，羅塞里尼執導，一九五四年出品。

立教育資料中心國家教育文化編輯資源處（SCÉRÉN-CNDP），二〇〇七年。

⑸ 其實，劇本一寫好，雷奈就去了日本，純粹為了拍片。拍片期間，他邊拍，邊隨時要莒哈絲修改劇本，可是有時候，他來不及等她同意，就自行修改了。在拉吉耶同一本書裡，他提到莒哈絲發表於《法蘭西觀察家》中的一篇文章〈為電影而作〉（Travailler pour le cinéma）（一九五八年八月）：「我沒時間九個禮拜就寫出曠世巨作，雷奈心知肚明。簡直就像他知道我沒時間編劇，我自己倒不知道。可是，他還是繼續建議我寫。他一直叫我寫，直到最後一天都是。如果說在這麼短的期限內，有什麼需要挽回面子的地方，那麼就是雷奈選擇了拯救整部片的文學面貌。」一九七二年十一月九日，《世界報》刊登過一篇更為詳細的訪談。其實，莒哈絲兩個禮拜就寫好《廣島之戀》的劇情大綱。雷奈同意後，在接下來他去日本前的七個禮拜以內，他們兩個都一起討論：「我每天都再發展一下劇情。雷奈每天，要不就是每隔一天，就會到我這兒來看我寫了什麼。有的時候他『懂』，有的時候他不懂，這時候，我就重寫，直到他看得懂為止。隨後，他就要我形容一下那部片子，好像已經拍出來了似的。」

⑸ 相當於現在的三萬歐元。

⑸ 莒哈絲幫她兒子尚取的小名。

⑸ 分別在《納塔莉·格杭傑》（珍妮·摩露和露西亞·波希）、《印度之歌》（黛芬·塞瑞

格）、《樹上的歲月》（布魯．歐吉爾和瑪德琳．雷諾），以及《阿嘉莎和無盡的閱讀》（布魯．歐吉爾）、《夜船》（多明尼克．桑達）、《太陽正黃》和《來自恆河的女人》（凱薩琳．塞萊）擔綱演出。至於伊莎貝拉．艾珍妮，她的伴侶布魯諾．努坦曾是莒哈絲的總操控師，但她只是莒哈絲非常要好的朋友，兩人從未合作過。

57 這齣戲於一九六五年十二月一日在奧德翁劇院首演，導演是尚—路易．巴侯（Jean-Louis Barrault），十年後，一九七五年十月十四日，又在奧賽劇院重演。

58 一九六九年，莒哈絲在《時尚》雜誌刊出一張人像，〈黛芬．塞瑞格，知名的無名小卒〉，後重新刊登於《外界》（*Outside*）（阿爾班．米榭，一九八〇年，P.O.L.，一九八四年）。

59 莒哈絲曾於一九六五年，在《時尚》雜誌中發表一篇珍妮．摩露訪談稿，後重新刊登於《外界》。別忘了摩露也演出過《直布羅陀的水手》（一九六七年），並錄製過一張靈感來自於《印度之歌》的唱片，還在洋．安德烈亞小說改編的電影《這份愛》（*Cet amour-là*）中，擔綱演出莒哈絲一角，該片由荷絲．達延（Josée Dayan）執導。

60 《畫報》（*L'Illustration*）週刊的副刊，內容就是一齣戲劇。

61 狄奧尼斯．馬斯科羅（一九一六到一九九七），一九四七至五六年是莒哈絲的先生。他是莒哈絲兒子尚的父親，曾在伽利瑪出版社當編輯。曾經加入過共產黨一段時間，之後投入反殖民抗爭。他是好幾本隨筆的作者，如《共產主義》（*Le Communisme*），伽利瑪，一九五三年、《強自記憶》（*Autour d'un effort de mémoire*），那朵，一九九八年。

㉜在《睜開雙眼》中，尤瑟納尤其因為歐洲小說忽視了愛的感覺何其神聖，還有把愛表現成一種「虛榮感」而感到惋惜（第七十五頁）。

㉝伽利瑪，Folio系列，一九七八年，第三十五頁。

㉞在《廣島之戀》一書中的同一頁上，「她」說：「吞噬我，扭曲我，至醜方休。」

㉟《全集》（*Œuvres complètes*），伽利瑪，「七星書庫」，第一冊，二〇一一年，第一一九一頁。

㊱出處同上，第九三六頁。在同一本小說中，莎拉也說：「要是妳只愛跟一個男人做愛，那就是因為妳不喜歡做愛。」（第八四三頁）。黛安娜說：「所有已經過去的愛都是一種愛的劣化」（第八八〇頁）。

㊲出處同上，第一二五八頁。小說中修凡最後對安妮說的話。

㊳之前提過，在莒哈絲跟皮耶・貝尼修（Pierre Bénichou）和艾維・勒・馬松的對談中（《新觀察家》，一九八六年十一月十四日），莒哈絲宣告：「性交不是重點，重要的是得有慾望。很多人進行沒慾望的性交，他們覺得這樣就夠了。所有那些女作家，談慾望談得那麼差勁，然而慾望卻是一個我們規避不了的世界！我，我從小就知道性的世界奇妙無比，碩大無朋。在我之後的生命中，我所做的就在於確認這點罷了。」

⑲「這張酒精的臉，早在我嗜酒之前就造訪了。酒精的到來確認了這張臉。在我內心，有個屬於酒精的地方，我和別人一樣都知道，只不過，妙的是，我在之前就知道了。同樣的，我內心中也有個地方在期待著慾望的到來。我十五歲的時候，就有著這張快感的臉，而我當時還不知道何謂快感。這張臉孔看得一清二楚。就連我母親也看出來了。兄弟們也看出來了。我的一切就這麼開始，透過這張預示未來、憔悴的臉，透過這雙有著黑眼圈的眼睛，在親身體驗歲月之前就深陷了的雙眸。」（《情人》，午夜，一九八四，第十五—十六頁）

⑳在《藍眼睛黑頭髮》中（午夜，一九八六，第一〇二頁），可以看到這些經驗的影射。

㉑尤其是在《物質生活》，她跟傑若姆．波若的對談中（P. O. L.，一九八七，第三八頁）：「男人都是同性戀。所有男人都有能力變成同性戀，只不過他們不知道、沒碰上機會或欠缺點醒他們是同性戀的證明。同性戀者則知道這點，並且說了出來。跟男同性戀交往過、愛過他們的女人，也知道這點，並且也會這麼說他們。莒哈絲在此再度提到在《藍眼睛黑頭髮》裡面男人對女人說的話，並以下面這兩句話加以總結：「他說出了預言的句子」、「遲早都會發生在我們身上，他們全會到我們這兒，只需要等待該等待的時間」。（第九十二頁）

㉒在《物質生活》中（前揭書，第四十一頁）：「同性戀的愛是同性戀本身。同性戀者所愛的人、國度、宇宙、世界，並不是他的愛人，而是同性戀。」

㊸這個問題跟莒哈絲和洋．安德烈亞的關係牽連甚深，針對這個問題，她的聲明相當矛盾。她沒有提到《死亡的病症》和《藍眼睛黑頭髮》，殊不知這兩本小說描述的正是她對闖入她生命的男同性戀者的激情，以及她如何無比驕傲地來逆轉這種切膚的羞辱感。我們想到《綠眼睛》中的一段話，莒哈絲將女權主義者和同性戀鬥士相提並論：「我看出同性戀和女性運動之間有著某種關係。兩者皆然，都先想到自己。反對同性戀，指其為無聊瑣事的說法，將同性戀者視為正是一些在少數族群分離主義中搞彼此肯定的人，很弔詭的，這種分離主義卻是既害人痛苦又令人欲求。我們可以說，現在女人還是一直執著於保留她們與男人整體、全面性的差異。同樣的，同性戀者則依然堅持自己還處於舊有壓迫下，以保持他們與社會間的完整距離。膽敢提出讓壓迫情況好轉的建議，就是對同性戀者的莫大冒犯。同性戀者跟女人一樣，想要保留他們對男人、對社會的有效控訴。於是，他們便好生安置這些控訴，將其設置成為一個歸屬的地方，那個他們選定殉難的地方。」（第一八二至一八三頁）

㊹一九八九年，洋．安德烈亞只有出版《M.D.》這本書。莒哈絲過世之後，他又發行了《這份愛》（波維爾，一九九九年），《如此》（*Ainsi*）（波維爾，二〇〇〇年），《上帝始於每天清晨》（*Dieu commence chaque matin*）（巴雅，二〇〇一年）。

㊺指在《物質生活》中，前揭書，第一三九頁。

⑯「她會說：我滿腦子都是暈眩和尖叫。滿腦子都是風。於是，有的時候，比方說，我會寫。寫好幾頁，您懂嗎？」(《卡車》，前揭書，第三十五頁)

⑰從一九四七年十月二十一日到一九四八年七月十九日，在保羅．哈瑪狄耶(Paul Ramadier)首任內閣團隊和羅伯．舒曼(Robert Schuman)首任內閣團隊中，以及在文生．歐瑞奧勒(Vincent Auriol)的總統任期下。

⑱「兩性合作是很自然的。我們全都根深蒂固地擁有一種本能，雖然就理論而言這是非理性的，因為根據理論，男人和女人的結合能提供我們最大的滿足感，也就是說最完整的幸福。不過，看到這兩個人跳上計程車，還有我從中得到的滿足，不禁讓我自問大腦裡可有生理上的兩性之分，它們是不是也需要結合起來，才能感受到完整和充分的幸福。於是我繼續擘畫業餘的靈魂計畫，好讓我們這兩股權力的每一股權力都得以支配，一股男人的權力，另一股女人的。因此，在人類的大腦，男性的部分主導女性部分，反之亦然。當這兩者和諧共處，在精神方面合作無間，就會讓人感到舒適，而且正常的狀態。」(《自己的房間》，艾莉莎．阿爾勾譯本，海濱，二〇一二年，第一六五頁)

⑲莒哈絲在此也引用塞繆爾．泰勒．柯勒律治(Samuel Taylor Coleridge，一七七二年至一八三四年)的箴言，以延續之前吳爾夫在文章中所引用的柯勒律治語錄：「男人大腦中的女性部分應該始終都有話要說；至於女人，應該也會跟在她身上的男性部分進行交流。當柯勒

律治斷言全能的偉大靈魂是雌雄同體的時候，或許他就是這個意思。唯有兩性結合，靈魂才會全然受到滋潤，靈魂的所有能力才得以發揮。」吳爾夫，她自己也針對偉大創作者都是雌雄同體一說做過長篇剖析。至於柯勒律治的箴言，其確切出處則為一八三二年九月一日所發表的遺著《席邊閒談》（*Talk Tables*），茲摘錄如下：「我透過壯觀的、有把握的、科貝特（William Cobbett）[45]式的方法認識了強而有力的靈魂，但我從未見識過這種偉大靈魂。還有就是，對那些先驅者來說，他們也每每錯誤多過正確。真相在於偉大的靈魂必須是雌雄同體。偉大的靈魂——以斯威登堡（Emanuel Swedenborg）[46]為例——因為他們的結果是對的，只不過方法不盡完美，他們就從來都沒錯。」

⑳「男人狩獵和打仗。女人動腦筋，想像；她生成夢想與神祇。某天，女人變得可以通靈；她擁有一雙載滿無垠慾望和無窮夢想的翅膀。為了更精準地計算時間，她觀察星相，但對地球的關心並不見減少。女人雙眼低垂，俯視愛的花朵，她本身也既青春又如花兒一般，她透過自己認識了花。女人，她要花兒治癒她所愛的一切。」（《女巫》，一八六二年，序）

㉑〈悲劇的誕生〉（Naissance de la tragédie），載於《瑪格麗特．莒哈絲》，前揭書，第一一一頁。

㉒尚．馬斯科羅在某次跟記者瑪蒂爾德．德．拉．巴若朵尼（Mathilde de la Bardonnie）的會面中（後發表於一九九八年八月十八日的《解放報》），當時他母親過世兩年，父親過世一

45 譯注：科貝特（1762-1835），英國散文作家、記者、政治活動家和政論家，小資產階級激進派的著名代表人物，曾為英國政治制度的民主化而進行鬥爭。

46 譯注：斯威登堡（1688-1772），瑞典科學家、神祕主義者、哲學家和神學家。

年，馬斯科羅說道：「四十九年間，我愛我的母親，她愛我。儘管我們母子經常水火不容。父親他是我最好的朋友。母親她則教會我何謂自由。她教我保留野性，還有，尤其是，教會我做菜。」

⑧³ 最初來自於一部米雪兒・波爾特拍攝的電影（一九七六年），後來在午夜出版社轉寫成文字稿出版（一九七八年）。

⑧⁴ 瑪麗・勒格杭，道納迪厄的妻子，於一九五六年八月二十三日過世，在《抵擋太平洋的堤壩》和《樹上的歲月》出版之後，但卻早在莒哈絲構思中國情人之前。在一篇發表於一九八八年的文章，收於《獻給家母》（*À ma mère*）文集中，六十位作家暢談他們的母親（由馬塞・畢西歐和凱瑟琳・雅約萊主導，皮耶・赫瑞出版，一九八八年），後又收入《外面的世界》（*Le Monde extérieur*）（P. O. L.，一九九三年），莒哈絲寫道：「我以為我愛我母親甚於一切，但是突然就瓦解了。我覺得應該是我有了孩子，或許也是當《抵擋太平洋的堤壩》改編成電影的時候。她從此再也不願意看到我。後來，好不容易，她終於讓我進去她家，邊對我說：『妳該等到我死。』我當時並不瞭解，還以為是她任性，但完全不是。我們認為她會引以為榮的一切，她卻只視其為她的失敗。這次事件造成我們決裂，我再也不想辦法去接近她，因為，我從這件事看出對她再也沒有甚麼好期待的了。之後還是一直有別的摩擦。」從《樹上的歲月》出版後，直到母親過世，莒哈絲都再也沒見過她。

⑧⑤一九八〇年七月十六日到九月十七日，在這兩個月期間，《解放報》每週三都以連載形式刊登《八〇年的夏天》，後來午夜出版社又於一九八二年重新發行。

⑧⑥莒哈絲過世的同一個月，《寫作的海》文集（*La Mer écrite*）（馬爾瓦勒，一九九六年）出版發行，莒哈絲在文集中評註埃萊娜·邦貝爾吉（Hélène Bamberger）拍的照片。該文集收有一些莒哈絲寫於一九九四年夏天的文章，並由洋·安德烈亞編輯。

⑧⑦《娜塔麗·格朗熱》這部片就是在莒哈絲位於諾夫勒堡的屋子裡面拍的。

人名對照表

四劃

丹妮埃勒・洛罕　Danielle Laurin

五劃

卡洛・埃米利奧・加達　Carlo Emilio Gadda
卡爾維諾　Italo Calvino
布朗修　Maurice Blanchot
布魯・歐吉爾　Bulle Ogier
布魯諾・努唐　Bruno Nuytten
弗朗索瓦・密特朗　François Mitterrand
札維耶荷・高堤耶　Xavière Gauthier
皮耶・伯諾瓦　Pierre Benoit
皮耶・杜馬耶　Pierre Dumayet
皮耶・阿第提　Pierre Arditi
皮耶・哈畢耶　Pierre Rabier
皮耶・洛蒂　Pierre Loti

六劃

伊力・卡山　Elia Kazan
伊莎貝拉・艾珍妮　Isabelle Adjani
伊塔羅・斯韋沃　Italo Svevo
吉烏里歐・伊諾第　Giulio Einaudi
吉勒・馬爾蒂耐　Gilles Martinet
多明尼克・桑達　Dominique Sanda
多明尼克・諾古耶　Dominique Noguez
安托南・阿爾鐸　Antonin Artaud
安朵瑪格　Andromaque
安妮・德巴赫斯德　Anne Desbaresdes
安東尼奧尼　Michelangelo Antonioni
安哲羅・莫瑞諾　Angelo Morino
安哲羅普洛斯　Theo Angelopoulos
安娜—瑪麗・斯崔特　Anne-Marie Stretter
安娜麗莎・貝爾朵尼　Annalisa Bertoni
安德烈・杜索里埃　André Dussollier
朱勒・達桑　Jules Dassin
米雪兒・波爾特　Michelle Porte

米榭・布托爾 Michel Butor
米榭・杜赫尼耶 Michel Tournier
米榭勒 Jules Michelet
米榭・傅柯 Michel Foucault
米榭・普拉蒂尼 Michel Platini
米榭・雷希斯 Michel Leiris
米榭・圖尼埃 Michel Tournier
艾爾莎・莫蘭黛 Elsa Morante
艾蜜莉・狄金生 Emily Dickinson
西蒙・仙諾 Simone Signoret
西蒙・波娃 Simone de Beauvoir

七劃

亨利・柯比 Henri Colpi
亨利・道納迪厄／艾彌爾・道納迪厄 Henri Donnadieu
何內・德・塞卡迪 René de Ceccatty
伯爾納・哈普 Bernard Rapp
伯爾納・畢佛 Bernard Pivot
伯諾瓦・雅果 Benoît Jacquot
克莉絲汀・維爾曼 Christine Villemin
克勞德・西蒙 Claude Simon
克勞德・奧里耶 Claude Ollier
狄奧尼斯・馬斯科羅 Dionys Mascolo
貝克 Samuel Beckett
貝爾納諾斯 Bernanos
貝蕾妮絲 Bérénice
里奧・維多里尼 Elio Vittorini

八劃

亞倫・雷奈 Alain Resnais
委拉斯凱茲 Vélasquez
尚—皮耶・梅爾維爾 Jean-Pierre Melville
尚—皮耶・塞同 Jean-Pierre Ceton
尚—路克・高達 Jean-Luc Godard
尚・雷諾 Jean Renoir
帕索里尼 Pier Paolo Pasolini

瑪麗・勒格杭　Marie Legrand
維吉妮亞・吳爾夫　Virginia Woolf
維塔利諾・布蘭卡帝　Vitaliano Brancati

十五劃

德萊葉　Carl Theodor Dreyer
樂奧伯狄娜・帕羅塔・德拉・托雷　Leopoldina Pallotta della Torre

十六劃

穆瑙　Friedrich Wilhelm Murnau

十七劃

黛芬・賽瑞格　Delphine Seyrig

十八劃

薩米・弗雷　Samy Frey

十九劃

羅伯・布列松　Robert Bresson
羅伯・昂泰勒姆　Robert Antelme
羅伯特・米契爾　Robert Mitchum
羅伯・穆齊爾　Robert Musil
羅塞里尼　Roberto Rossellini

二十一劃

露西亞・波希　Lucia Bosè

國家圖書館出版品預行編目資料

懸而未決的激情：莒哈絲論莒哈絲／瑪格麗特・莒哈絲作；繆詠華譯. -- 初版. -- 臺北市：麥田出版：家庭傳媒城邦分公司發行，民102.07
面； 公分
譯自：La Passion suspendue
ISBN 978-986-173-947-2（平裝）
1. 莒哈絲（Duras, Marguerite）
2. 學術思想 3. 文學評論

876.4 102011329

People 14
懸而未決的激情：莒哈絲論莒哈絲

作　　者／瑪格麗特・莒哈絲（Marguerite Duras）
採　　訪／樂奧伯狄娜・帕羅塔・德拉・托雷（Leopoldina Pallotta della Torre）
譯　　者／繆詠華
責任編輯／王家軒
校　　對／陳佩伶

副總編輯／林秀梅
編輯總監／劉麗真
總 經 理／陳逸瑛
發 行 人／凃玉雲
出　　版／麥田出版
城邦文化事業股份有限公司
台北市100台北市中山區民生東路二段141號5樓
電話：(02) 25007696　傳真：(02) 25001966
部落格：http://blog.pixnet.net/ryefield
發　　行／英屬蓋曼群島商家庭傳媒股份有限公司城邦分公司
台北市民生東路二段141號11樓
書虫客服服務專線：02-25007718・02-25007719
24小時傳真服務：02-25001990・02-25001991
服務時間：週一至週五09:30-12:00・13:30-17:00
郵撥帳號：19863813　戶名：書虫股份有限公司
讀者服務信箱E-mail：service@readingclub.com.tw
歡迎光臨城邦讀書花園 網址：www.cite.com.tw
香港發行所／城邦（香港）出版集團有限公司
香港灣仔駱克道193號東超商業中心1樓
電話：(852) 25086231　傳真：(852) 25789337
E-mail：hkcite@biznetvigator.com
馬新發行所／城邦（馬新）出版集團【Cite(M)Sdn. Bhd】
41, Jalan Radin Anum, Bandar Baru Sri Petaling,
57000 Kuala Lumpur, Malaysia.
電話：(603) 90578800　傳真：(603) 90576622
E-Mail: cite@cite.com.my

封面設計／鄭宇斌
印　　刷／前進彩藝有限公司

■2013年（民102）7月初版一刷　Printed in Taiwan.

定價：300元